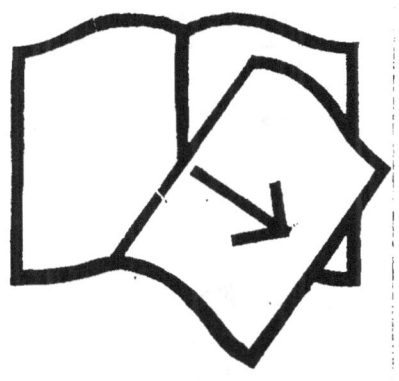

Couverture inférieure manquante

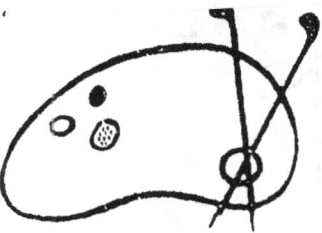

Début d'une série de documents
en couleur

François **MUGNIER**

NOUVELLES LETTRES

DE MADAME DE WARENS

SUISSE ET SAVOIE

1722 — 1760

PARIS

H. CHAMPION, LIBRAIRE, 9, QUAI VOLTAIRE

—

1900

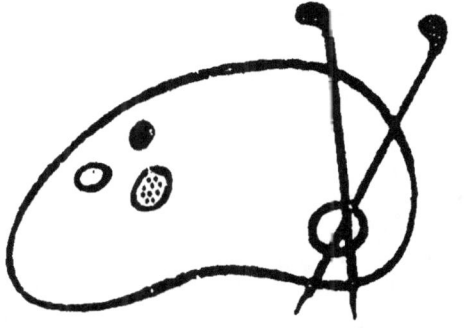

Fin d'une série de documents
en couleur

NOUVELLES LETTRES

DE MADAME DE WARENS

François MUGNIER

NOUVELLES LETTRES
DE MADAME DE WARENS

SUISSE ET SAVOIE

1722 — 1760

PARIS

H. CHAMPION, LIBRAIRE, 9, QUAI VOLTAIRE

1900

Extrait du Tome XXXVIII
des *Mémoires de la Société savoisienne d'histoire
. et d'archéologie.*

Tirage à cent exemplaires.

Nouvelles lettres de Madame de Warens et de ses amis.

I.

Depuis la publication de notre livre *Madame de Warens et Jean - Jacques Rousseau* (1), de nouvelles recherches et de nouvelles découvertes ont été faites sur la célèbre « baronne », et le hasard, en dépit de notre indifférence à ce sujet, a bien voulu nous favoriser.

Madame de Warens, nous l'avons dit autrefois, n'est un personnage important que comme bienfaitrice et première éducatrice de Jean-Jacques. C'est auprès d'elle que le philosophe a commencé à penser et à réfléchir, que le grand écrivain a étudié, que son cœur s'est ouvert à l'amour et au sentiment du beau. C'est en parcourant les hauteurs des Charmettes que son œil ébloui par le merveilleux tableau des vallées qui s'étendent à ses pieds et des montagnes qui les entourent, toutes blanches, roses ou dorées, suivant les heures et les saisons, a transmis à son cerveau ces vives impressions, cette émotion, qui ont fait de lui le

(1) Paris, Calmann Lévy, 1 vol. in-8°, 1891.

véritable initiateur du sentiment de la nature au
xviiie siècle.

Les pièces qui nous montreraient la gracieuse
« maman » appuyée au bras du sensuel et un peu
gauche jeune homme, lui traduisant en paroles
les impressions produites en eux par une belle
matinée d'été où les vapeurs s'élèvent de terre,
se condensent et se dissipent bientôt, par le jeu de
la lumière dans les massifs ou les clairières des
forêts, les mille voix qui, même sous le soleil de
midi, s'élèvent des herbes pour les oreilles atten-
tives, le coucher du soleil, les claires nuits pleines
d'étoiles et le spectacle de l'insondable immen-
sité.... ces pièces seraient intéressantes !

Si, seulement, on retrouvait une conversation
entre Rousseau tout frais émoulu des leçons du
Vicaire Savoyard (1), et la baronne, qui se pi-
quait de posséder un système philosophique à
l'abri de la critique de son ancien tuteur, le pieux
François Magny ; ou bien les cahiers d'études de
Rousseau avec les Pères jésuites Hémet et Cop-
pier (2), cela encore éveillerait vivement la curio-
sité..., mais on ne le trouvera pas.

(1) Ce « vicaire savoyard » n'est pas, comme quelques-uns
l'ont écrit, l'abbé Gaime, curé de la paroisse de Lémenc, qui
ensevelit Madame de Warens en 1762, mais Rd Jean-Claude
Gaime, d'Héry-sur-Alby, qui fut professeur à Turin et mourut à Rumilly le 13 mai 1761. (Voir *Madame de Warens et
J.-J. Rousseau*, p. 50-55 et 428.)

(2) Le P. Charles Hémet, né à Lyon le 4 août 1666, vécut

II.

Madame de Warens croyait à son pouvoir de persuasion, s'attribuait le génie industriel et avait de grands besoins d'argent. Sa correspondance, naturellement, a été considérable, et tout n'en pouvait être perdu. On a donc retrouvé quelques-unes de ses lettres, mais presque toutes ont trait à la revendication de ses biens, à son exploitation de mines, à ses fabriques de poterie de fer et à ses demandes de secours.

Après celles qui ont été publiées jusqu'en 1892, on savait bien qu'il en existait encore en Suisse un gros dossier. Il s'était entr'ouvert, il y a sept ans, et avait permis à M. Auguste Glardon de faire connaître quelques lettres et fragments de lettres, adressées de 1724 à 1727 par Madame de Warens à François Magny (1).

L'une d'elles, que M. Glardon date de 1724

à Chambéry de 1712 à sa mort le 22 mai 1738 ; il y fut professeur de théologie positive (1712-1719) et préfet des cas de conscience, confesseur (1726-1738). — Le P. François Couppier était né à Grenoble le 12 mai 1679 ; il mourut à Chambéry le 16 janvier 1768, après y avoir été préfet de la grande Congrégation des artisans (1732-1745), puis confesseur, consulteur, ministre et préfet de santé. (Renseignements dus à l'obligeance du P. A. Hamy.)

(1) AUGUSTE GLARDON, *Le Piétisme à Vevey au XVIII* *siècle*, dans le *Chrétien évangélique, revue religieuse de la Suisse romande* ; Lausanne, n° du 20 janvier 1893.

et qu'il croit écrite de Vevey, est un document d'un grand intérêt. Répondant point par point, semble-t-il, à une série de raisonnements religieux ou d'observations que M. Magny lui avait adressés sur la mondanité de sa vie, et peut-être sur quelques relations imprudentes, elle lui déclare poliment, mais avec une certaine ironie, que tout ce qu'elle a fait est bien fait, qu'elle n'a rien à changer à son mode de vivre. La satisfaction d'être riche qu'elle étale dans cette épître, donne la mesure du dépit, des regrets cuisants qu'elle dut éprouver quand, en 1726, sa ruine fut publiquement constatée et que son mari dut lui montrer la nécessité d'une existence, désormais et définitivement, vouée à la médiocrité.

Deux autres des lettres publiées par M. Glardon sont postérieures à la conversion de Madame de Warens au catholicisme. Elles montrent quels étaient ses sentiments, à Annecy, au lendemain de son nouveau baptême. A côté de pensées religieuses apparaît une âpre réclamation de ses biens temporels, alors cependant qu'ils devaient à peine suffire à son mari pour payer les dettes qu'elle avait laissées à Vevey ou qu'elle l'avait amené à contracter en son nom particulier.

Le même dossier, plus développé peut-être, a été communiqué en 1898 à M. Albert de Montet, secrétaire de la Société d'histoire de la Suisse romande et membre honoraire de la Société Savoisienne d'histoire et d'archéologie.

Nul mieux que le savant et impartial auteur de *Madame de Warens et le Pays de Vaud* (1) ne pouvait débrouiller et expliquer cette longue correspondance consacrée, un peu aux épanchements de famille, mais principalement aux revendications adressées par la transfuge vaudoise à « Leurs Excellences » de Berne, souveraines du Pays de Vaud, pour rentrer en possession de ses biens séquestrés et les disputer à son mari et à ses parents.

L'étude de M. de Montet vient de paraître dans la *Revue historique vaudoise* (2) sous le titre de *Documents inédits sur Madame de Warens.* L'auteur y donne de nouveaux renseignements sur le mariage de Madame de Warens à Lausanne le 22 septembre 1713, sur les biens qu'elle possédait et sur ceux de son mari. Son père, noble Jean-Baptiste de la Tour, avait épousé Jeanne-Louise Warnery, veuve de Samuel Blancheney, qui mourut en 1700; il se remaria, en janvier 1705, avec Melle Marie Flavard. De son premier mariage il eut deux fils Jean-Etienne et *François-Abraham,* et une fille, *Françoise-Louise* (Madame de Warens). Les fils moururent, l'un avant le père, l'autre, François-Abraham, peu de jours après lui. De son second mariage avec Marie

(1) Lausanne, Bridel, 1891, in-8°.

(2) *Revue hist. vaudoise,* Lausanne, n^{os} de novembre 1898 à mai 1899 inclusivement.

Flavard naquirent encore trois fils, *Jean-Joseph,
Jacob* et un autre dont le nom n'est pas connu (1),
qui décédèrent également en bas-âge ; lui-même
mourut dans l'été de 1709. Par un testament du
17 février de cette année, M. de la Tour avait
légué à ses quatre enfants alors vivants, et par
parts égales, la totalité de sa fortune. En même
temps il avait grevé les parts des fils du second
lit d'un usufruit en faveur de leur mère et avait
déclaré « quant à sa succession tout entière qu'au
cas où tous ses enfants viendraient à mourir sans
laisser d'enfants et *ab intestat,* Marie Flavard
leur était substituée sous l'expresse condition
qu'elle ne pourrait disposer des dits biens consti-
tués qu'en faveur d'un ou de plusieurs des *plus
proches parents* du testateur ».

Après la mort de Marie Flavard et de ses fils,
« les enfants de M. Jean-Baptiste de la Tour le
jeune, cousin germain de Madame de Warens,
réclamèrent à Leurs Excellences de Berne le profit de cette substitution, — lorsque cette dame,
devenue par la mort de ses frères utérins, héritière
des biens soumis à l'usufruit, se trouva elle-même
frappée de mort civile à la suite de sa conversion
au catholicisme » (2).

D'autre part, Madame de Warens avait, à

(1) Voir ci-après la lettre de M⁻ de la Tour du 9 décembre
1744.

(2) A. DE MONTET, *Documents inédits,* p. 336.

Constantinople, un oncle, Jacques-François de la Tour, qui y mourut en 1745 (1). Les revendications de ces successions par Madame de Warens et par ses cousins de Vaud donnèrent lieu à des difficultés fort compliquées que M. de Montet a complètement élucidées.

Parmi ces « parents les plus proches », en faveur desquels M. de la Tour avait substitué ses biens, était Françoise-Marie de la Tour qui épousa, le 28 janvier 1737, Jean-François Hugonin, alors au service de Hollande, et, plus tard, capitaine dans la milice du pays de Vaud. Cette alliance fut l'occasion d'une longue correspondance entre Madame de Warens et ce nouveau cousin. M. de Montet en a publié quelques lettres et divers extraits dans ses « *Documents inédits* » et nous a transmis le dossier afin que nous y puisions ce que nous croirions utile de joindre aux nouvelles lettres que nous avons découvertes.

En ce qui concerne les difficultés d'affaires et leur règlement entre Madame de Warens et ses parents du canton de Vaud, nous ne pouvons que renvoyer le lecteur à l'excellent travail de M. de Montet. Quant à la correspondance, au contraire, et pour satisfaire ceux qui n'entendent pas qu'on laisse perdre une seule ligne tombée de la plume féconde de Françoise-Louise de la Tour,

(1) Voir *Madame de Warens et Jean-Jacques Rousseau,* page 228.

qui fut l'hôte de la Savoie, de 1726 à 1762, nous la publierons à peu près *in extenso,* ne laissant de côté que les pièces complètement insignifiantes. Et à raison de ce que les revues suisses *Le Chrétien évangélique* et la *Revue historique vaudoise* ne sont pas répandues en Savoie, nous reproduirons encore ici quelques lettres de Mme de Warens à François Magny en les complétant lorsque des extraits seuls en ont été donnés ; mais nous renvoyons le lecteur, désireux de connaître l'influence de ce dernier sur l'esprit de Mme de Warens, au travail de M. Glardon dans l'*Evangéliste chrétien* et aux études de M. Ritter : *Magny et le Piétisme romand, la Famille et la Jeunesse de J.-J. Rousseau,* chapitre XIII, *Mme de Warens et le Piétisme romand* (1). Le plus souvent, nous rectifierons l'orthographe de Madame de Warens, afin de rendre à ses lettres la valeur littéraire qu'elles pouvaient avoir pour ses contemporains, bien moins sensibles que nous aux atteintes portées à la grammaire (2).

M. de Montet a fait de cette orthographe une étude exacte (3) et qui n'est pas à recommencer :

(1) Lausanne, Budel, 1891. — Paris, Hachette, 1891.

(2) Nous ne saurions trop remercier ici de leur gracieuse obligeance M. Albert de Montet ainsi que M. Eugène Couvreu de Dekersberg, propriétaire du précieux dossier et qui vient de le déposer au musée Ienisch à Vevey. Grâce à eux les curieux de la correspondance de madame de Warens la connaîtront maintenant à peu près toute entière.

(3) *Revue historique vaudoise,* 1898, p. 334.

« Quant au style de ses lettres, ajoute-t-il, rien n'est
plus variable ; le plus souvent, il est clair, coulant et
précis, composé de courtes phrases, émaillé de boutades
qui témoignent de l'à-propos et de l'esprit.... Ses lettres
nous la montrent à la fois religieuse et mondaine, possé-
dée par une ambition toujours en éveil qui lui fait désirer
ardemment richesses et grandeurs, et se faisant néanmoins l'illusion d'avoir le goût d'une existence obscure
et de se croire détachée des biens qu'elle possède. Avec
cela superficielle et jugeant tout de parti pris. Bienfai-
sante sans discernement, elle se laisse enjôler par le
premier venu qui la flatte, et devient aisément dupe.
Son penchant singulier pour les gens de condition inférieure, avec lesquels elle vit dans un commerce journa-
lier, lui fait perdre, à la longue, toute finesse morale,
tout sentiment de dignité. Quelques-unes de ses lettres
à M. Hugonin en offrent une preuve instructive. Des
protestations d'amitié très longues et très tendres donnent à penser qu'elle éprouvait vis-à-vis de ses parents
Hugonin une affection profonde et sincère. Mais cette
affection dut subir bien des hauts et des bas dans le
cours de la lutte d'intérêts qui les divisa pendant si
longtemps et dans laquelle on voit qu'elle estimait avoir
à se plaindre d'eux. »

III.

Notre découverte n'atteint pas à l'importance
du dossier de Suisse. Elle consiste en dix-neuf
lettres de Madame de Warens, dont la dernière,
du 10 mars 1760, a eu un sort bizarre. Communi-

quée, il y a 44 ans, par M. Joseph Dessaix (1) à
M. Bayle-Saint-John, elle fut traduite en anglais
par ce dernier, puis retraduite en français dans
la *Revue britannique* de juin 1856 où nous l'avons
prise pour l'insérer dans *Madame de Warens
et Jean-Jacques Rousseau* (p. 371). Le sens de
ces deux traductions est bien celui de l'original,
mais les mots sont différents.

A côté de ces lettres, il y en a trois de François
Mansord, officier français, de Grenoble, au service de l'Espagne, deux billets « du capitaine
Jean Dupasquier, officier dans le régiment suisse
de Schwaler », aussi au service de l'Espagne (2),
et que la baronne, dont il était alors un des
parasites attitrés, qualifie de « petit sujet », une
lettre de l'abbé Léonard, curé de Gruffy, que
Jean-Jacques appelait « mon oncle », une autre
de M. d'Angeville, ce « cher baron » à qui madame de Warens, en 1758, chercha vainement à
emprunter cinquante louis. Cette dernière lettre
ne se rapporte pas à la baronne, mais elle donne
une idée exacte de ce gentilhomme rude et joyeux
vivant, mais sur la bonhommie duquel elle se
trompait complétement.

(1) Journaliste à Chambéry ; un des fondateurs, en 1855,
de la Société savoisienne d'histoire ; mort le 30 octobre 1870.
(2) On sait que la Savoie fut occupée par l'armée espagnole d'octobre 1742 à février 1749.

IV.

Pour l'intelligence des diverses lettres qui suivent, nous devons rappeler quelques dates et quelques faits de l'existence de madame de Warens.

Elle est née à Vevey, le 31 mars 1699 (1), de Jean-Baptiste de la Tour et de Jeanne-Louise Warnery. Sa mère mourut en 1700 ; son père se remaria, en janvier 1705, avec mademoiselle Marie Flavard, et décéda, dans l'été de 1709, laissant, des deux lits, quatre enfants, en faveur desquels il fit les dispositions testamentaires indiquées plus haut.

Françoise-Louise de La Tour épousa, le 22 septembre 1713, à Lausanne, Sébastien-Isaac de Loys qui, depuis ce moment, s'appela M. de Warens, du nom d'une terre que son père lui avait donnée à l'occasion de ce mariage. Les époux vécurent d'abord à Lausanne, avec quelques séjours alternatifs à Chailly et à Vevey. Vers 1721, au cours d'un procès que M. de Warens avait dû intenter à son père parce que celui-ci ne lui donnait qu'une rente au lieu de la possession

(1) Et non le 31 *mai*, comme nous l'a fait dire une erreur d'impression à la page 1 de *Madame de Warens et J.-J. Rousseau.*

effective de la terre de Warens (1), ils vinrent se fixer définitivement dans cette dernière ville, où elle tomba gravement malade, et fit un testament public, à la date du 17 septembre 1722, qui a été publié par M. de Montet dans ses *Documents inédits.*

M. de Warens obtint bientôt une charge municipale à Vevey, et sa femme s'y livra à des entreprises industrielles où elle se ruina et compromit la fortune de son mari. N'ayant pas d'enfants, ils avaient appelé auprès d'eux le jeune fils d'un ami de M. de Warens et une orpheline, Françoise-Marie de la Tour, nièce (à la mode de Bretagne) et filleule de madame de Warens, qu'en septembre 1725 ils durent remettre, le garçon à la commune de Vevey, la jeune fille à sa mère (2).

Elle s'enfuit de Vevey, le 5 août 1726, et se rendit en barque à Evian, auprès du roi de Sardaigne, Victor-Amédée II, qui la fit conduire à Annecy, au monastère de la Visitation, où, le 8 septembre suivant, et sans avoir eu vraiment le temps « de se faire instruire », elle se fit catholique. Le roi, à raison de cette abjuration, qui eut un certain retentissement, lui accorda une pension de 1,500 livres. Bientôt après, elle reçut

(1) A. DE MONTET, *Documents inédits,* dans *Revue historique vaudoise,* 1898. p. 367.

(2) A. DE MONTET, *Mme de Warens et le Pays de Vaud,* p. 62 et 176.

la visite de son mari et celle de M. Magny, qui ne réussirent pas à lui faire regagner la Suisse et le domicile conjugal (1).

Jean-Jacques Rousseau, né à Genève, le 28 ~~mai 1725~~, fut en avril 1725, mis par son père en apprentissage chez le graveur Ducommun, qui punissait son défaut d'assiduité à l'atelier par des corrections manuelles. Afin de s'y soustraire, Jean-Jacques quitta Genève le 14 mars 1728. Etant allé frapper à la porte du presbytère catholique de Confignon, il fut bien reçu par le vieux curé, Benoît de Pontverre, qui l'adressa à Annecy à madame de Warens. Elle l'hébergea quelques jours, puis l'envoya à Turin, où, le 12 avril, il entra à l'Ecole des Catéchumènes. Il en sortit le 23 août, quand il eut aussi abjuré le ~~catholicisme~~. Rousseau avait alors 16 ans et 3 mois.

(1) *Madame de Warens et J.-J. Rousseau,* p. 19-25. Elle habitait à Annecy une maison située dans la rue actuelle de l'Evêché, assez bien décrite par Rousseau, et sur laquelle M. Théophile Dufour a donné, d'après M. Eloi Serand, des renseignements historiques fort exacts. *(Revue savoisienne* de 1878, p. 66-67.) — Madame de Warens, lors de son second baptême après son abjuration, ajouta à ses prénoms celui d'*Eléonore.* — On trouvera le long récit de la visite faite par M. de Warens à sa femme les 24-27 septembre 1726 dans sa lettre du 3 octobre 1732 à son beau-frère Daniel de Loys, seigneur de Middes, publiée *in extenso* par M. de Montet, p. 203-241 de *Madame de Warens et le Pays de Vaud.* — M. de Warens mourut le 29 octobre 1764 à l'âge de 66 ans.

Ligne 5 ; au lieu de mai 1725, lire *juin 1712.*
— 16-17 ; lisez *calvinisme.*

Après quelques vilaines aventures à Turin, il revint à Annecy (1729). Madame de Warens l'accueillit avec bonté, le plaça au Séminaire « pour en faire un curé ». Rousseau s'étant montré sans vocation, on le mit *à la musique*. En 1730, Madame de Warens, à la veille de partir pour Paris avec M. d'Aubonne, dans un but resté fort louche, se débarrassa de Rousseau. Son absence de Savoie dura quatre mois. Revenue d'abord à Annecy, elle alla se fixer à Chambéry, où elle résida habituellement jusqu'à sa mort (29 juillet 1762). Rousseau paraît y être arrivé, de son côté, en 1732. Il fut logé, dit-il, dans la maison de son ancienne bienfaitrice (1). D'abord il gagna sa vie aux travaux d'établissement du cadastre, puis il semble avoir enseigné la musique et le chant. Le 23 avril 1734, le vieil évêque de Genève-Annecy, Mgr de Rossillon de Bernex, mourut, après avoir, dans son testament, légué à Madame de Warens une pension de 150 livres assignée sur ses terres de Challonges en Semine.

Avec ces 1,500 livres, augmentées plus tard de 150, par le legs de Mgr de Bernex, et de 200 par son arrangement avec ses parents du pays de Vaud, Madame de Warens aurait pu vivre dans une large aisance et n'aurait jamais eu besoin de lutter « pour son pain quotidien », comme elle le dit si souvent. Malheureusement, son manque

(1) *Confessions*, livre V.

d'ordre, ses générosités mal placées, sa vanité, l'entraînèrent dans des dépenses dépassant ses ressources (1).

Marie Flavard, la seconde femme de M. de la Tour, étant décédée (28 avril 1745), et l'usufruit qu'elle avait sur les biens de M. de la Tour ayant ainsi pris fin, Madame de Warens se rendit en Chablais, et fit même, sous le nom de « comtesse de Conzié », une visite à ses parents de Vaud. Son but principal était d'obtenir des autorités bernoises la main-levée en sa faveur de la confiscation de son domaine du *Basset*. Cette petite terre lui était vivement disputée par ses divers parents. Pour se les concilier, elle chercha à faire croire à chacun d'eux que s'il l'aidait, il aurait son héritage ; ce qui montre une fois de plus que son mari ne la calomniait pas en disant qu'elle était « une véritable comédienne ». Elle eut gain de cause à Berne, où, le 9 décembre 1745, le Conseil souverain déclara que la mort civile résultant de la conversion de Madame de Warens au catholicisme n'ayant pas été suivie d'une ordonnance formelle de confiscation, il ne pouvait être question d'attribuer ses biens à autrui. Il lui laissa

(1) On doit rappeler, cependant, que le paiement des quartiers de sa pension subit parfois des retards, surtout sous l'occupation espagnole ; mais ces retards étaient nuisibles aux créanciers, à qui elle en faisait des cessions à l'avance, bien plus qu'à elle-même.

donc la propriété du Basset, mais à la condition
qu'elle n'en aurait la possession effective que
lorsqu'elle reviendrait dans l'Etat de Berne et
dans le giron de l'Eglise protestante. Jusqu'alors
elle ne devait qu'en tirer le revenu : le domaine
lui-même serait régi au nom de Leurs Excellences. Madame de Warens ne se soumit pas
à cette condition. En mars 1747, elle renonça à
ses droits de propriété en faveur de son neveu,
M. Hugonin, qui s'engagea secrètement à lui servir en échange une rente annuelle de 200 francs (1)
qui représentait en réalité le fermage annuel (Lettre du 12 mars 1747).

Madame de Warens avait voulu prendre en
Savoie sa revanche de son insuccès industriel de
Vevey. Après quelques médiocres entreprises de
fabriques de chocolat et de savon à Chambéry,
elle profita de son voyage en Suisse pour cons-
tituer une société ayant pour objet l'exploitation
de mines situées « en Chamounix », qu'elle avait
affermées du Chapitre de la Collégiale de Sallan-
ches en Faucigny. La Société était composée
d'elle-même, d'un français, d'un savoisien, et de
MM. de Rovérée et de Quartery, ses parents. Les
travaux furent commencés, des extractions même
de minéraux avaient été opérées en 1746, lorsque
les associés suisses suspendirent les travaux. Ils

----

(1) A. DE MONTET, *Doc. inédits*, dans *Revue histor. vaudoise*, 1899, p. 59 ; 56-64, 76-80.

avaient seuls fait les premiers fonds, et non seulement Madame de Warens n'avait pas versé son
cinquième, mais elle avait réussi à se faire remettre par un des employés une somme d'argent
destinée à payer les travaux en cours. Elle était,
bien entendu, hors d'état de rembourser ; aussi,
les Suisses se fâchèrent-ils. Elle écrivit alors
(20 juillet 1747) à son neveu, le capitaine Hugonin, une fort longue lettre où, à travers
mille cajoleries, et en faisant miroiter à ses yeux
la richesse qu'elle va acquérir et la grandeur de
l'héritage qu'elle lui laissera, elle le prie d'apaiser
MM. de Rovérée et de Quartery, et de cautionner
son engagement auprès d'eux. Ses adversaires,
qu'elle ne craint pas de railler, lui firent un
procès « qui la mit au désespoir ». C'est le sujet
d'une grande partie de la correspondance.

Au moment même où les choses allaient si
mal dans le Haut-Faucigny, Madame de Warens
achète les mines et les hauts fourneaux du marquis
Granéri de la Roche dans la Haute-Maurienne. Elle
avait pour acolyte, sinon pour associé véritable,
Jean-Guillaume Sautier de la Balme, gentilhomme
de Savoie au service de l'Electeur de Bavière. Le
marché fut traité au nom du marquis Granéri
par son agent en Savoie, M. *Pierre-François
Milleret*, notaire à Annecy, qui, dans sa gestion,
agissait toujours de concert avec M. *Turbiglio*,
ancien agent du marquis en Savoie, et résidant
alors auprès de lui, à Turin, en qualité de secrétaire.

M. Milleret, natif de Samoens en Faucigny,
était un homme d'une certaine importance, et
jouissant de la considération publique. En 1730,
il avait, avec le Président Caissotti (1), rédigé
« des mémoires pour mieux éclairer les droits de
la Maison de Savoie sur Genève » (2). C'est à lui
que sont écrites les lettres de Madame de Warens
que nous avons découvertes, ainsi que celles de
ses commensaux ou amis, l'abbé Léonard, les
capitaines Dupasquier et Mansord.

L'acte du 24 octobre 1747, que Madame de
Warens supposait devoir être pour elle la source
de profits abondants, et qui ne lui rapporta que
des difficultés et de longs ennuis, n'est connu,
jusqu'à présent, que par une courte analyse, tirée
par M. Théophile Dufour *(loc. cit.*, p. 70) des ar-
chives départementales de la Haute-Savoie. En
voici le texte, légèrement abrégé, ainsi que celui
de l'inventaire du mobilier des hauts fourneaux
vendus et la ratification du marché par le marquis Granéri. Il y a là des renseignements, sur les
personnes et sur les choses, qui ne sont pas sans
utilité.

---

(1) *M⁰ᵉ de Warens et J.-J. Rousseau*, p. 97. Charles-
Louis Caissotti, de Nice, fut nommé Premier Président du
Sénat de Turin en 1730.

(2) On sait qu'en 1730 Mᵐᵉ de Warens alla à Paris avec
M. d'Aubonne pour exposer au cardinal de Fleury un projet
contre Genève *(Ibid.*, p. 83-86).

V.

**VENTE DES MINES ET HAUTS FOURNEAUX DU MAR-
QUIS GRANÉRI DE LA ROCHE PAR M. MILLERET
A MADAME DE WARENS.**

L'an 1747 et le 24 octobre à Annecy à 7 heures du
matin dans l'auberge du sr Nicolas Rollier, à l'enseigne
de la *Cloche*, située au faubourg de Bœuf, pardevant
moi notaire et temoins, s'est personnellement établi et
constitué me Pierre-François fils de feu sr Jean-Phili-
bert Millieret notaire collégié commissaire d'extentes (1)
originaire de Samoën en Faucigny, bourgeois et habitant de cette ville, lequel, de gré, en qualité de procureur
généralement constitué par illustre seigneur Messire
Charles-Gaspard-Bernard de Granery, par acte du 12
novembre 1742 Copel, not. à Turin, vend, cède et trans-
porte purement et simplement, le mieux que faire se
peut et doit, à dame Françoise-Louise-Eléonore fille de
feu noble Jean-Baptiste de La Tour, résidente présentement à Chambéry, épouse de messire Isaac-Sébas-
tien de Louïs, seigneur de Warens, et à noble Jean-
Guillaume, fils de feu noble Antoine-Balthazard,
Sautier de la Balme, seigneur de la Fournache, cham-
bellan et capitaine au service de S. A. E.[lectorale] de
Bavière, originaire de la ville de la Roche, résidant
présentement à Saint-Jean-de-Maurienne, tous deux
présents et acceptants... les fabriques, martinets, bâti-

(1) Notaire procèdant à la reconnaissance des droits féo-
daux et au renouvellement des terriers.

mens et biens quelconques que le dit seig^r marquis de
la Roche possède dans les paroisses de Saint-André,
Frenay, Fourneaux et Orelle, contenus sous les n^{os} (V^r
dans *Revue Sav.* 1878, p. 70)... de même que tout le bénéfice qu'il peut mesurer des patentes concédées à feu
messire Gaspard de Granery son bisayeul par la Sér^{me}
princesse Christine duchesse de Savoye en qualité de
mère et tutrice du S^{me} prince Charles-Emmanuel [II],
duc de Savoie, en date des 12 X^{bre} 1646 et 18 septembre
1647 et de l'arrêt d'enregistrement du 21 novembre de
l'année 1647, ensemble tous les meubles qui existent à
présent dans les dites fabriques... à forme de l'inventaire qui en a été fait le 31 juillet dernier... C'est
moyennant le prix et somme de L. 25,000 de Savoie
que les nobles acquéreurs promettent de payer au seig.
marquis de la Roche... dans une année prochaine,
avec l'intérêt dès ce jour... au cinq pour cent... sous
l'obligation de tous leurs biens... sous la clause soli-
daire... avec renonciation au bénéfice de division...
*tous droits restant réservés aux vendeurs sur les biens
vendus...* ; et quant aux privilèges portés par les dites
concessions soit patentes dont les dits seigneurs acquéreurs sont parfaitement instruits par la lecture qui leur
en a été présentement faite par moi dit notaire... le
dit m^e Millieret en remettra un extrait signé par notaire
aux dits nobles acquéreurs, soit à l'un d'iceux après la
ratification du seigneur marquis lors du nouveau
contrat qui sera passé en conséquence... et les origi-
naux en devront être remis lors du paiement du prix,
le tout aux frais des acquéreurs... et sous les tailles à
forme des cadastres dont les nobles acquéreurs se char-
geront dès ce jourd'huy... et sous les clauses de deves-
titure et d'investiture par la tradition d'une plume à

écrire à la manière accoutumée... en vertu de quoy les acquéreurs qui sont saisis des meubles et les ont en leur pouvoir, de même que les clefs des fabriques, martinets et bâtimens qu'ils occupent dès quelque temps... pourront en continuer la réelle et corporelle possession... néanmoins sous le bon plaisir du seig. marquis de la Roche qui s'expliquera dans le terme de deux mois prochains, et en cas qu'il l'agrée il en passera contract et ratification... et après, les parties avec les amis à élire par les acquéreurs en tout ou en partie, se présenteront de nouveau devant le premier notaire collégié requis à Chambéry... pour la ratification du contenu au présent... et néantmoins, sans aucune novation attendu que les engagements pris par les acquéreurs... continueront leur nature, force et vigueur dez ce jourdhuy et en vertu du présent contract...

Fait et prononcé au dit lieu en présence de noble Jean Du Pâquier, capitaine dans le régiment suisse de Schuvaller au service de Sa Majesté Catholique (1), de Neufchâtel en Suisse, de présent résident en cette ville, et d'honnête Claude fils de Claude Richard, dit Coudex, de la paroisse de Gruffy, habitant à Chambéry, témoins requis, ayant les dites parties avec le sr Dupaquier signés sur la minute et non le dit Richard pour ne savoir, enquis (2).

INVENTAIRE.

PREMIEREMENT Dans les fabriques du *Frenay* un pot d'étain, un demy pot, un de Trois quartins, et un quar-

(1) Le roi d'Espagne.
(2) C'est-à-dire ayant été interrogé à ce sujet.

tin, une gratuise de fer, deux grands chenets qui sont chez nicolas Mollard, un grand buffet, une grande poile à frire, une Lechefrite de fer, un rechaud de fer, une broche, un poid à peser le fer avec sa grille et pierre, deux etagères servant à tenir la vaisselle, une grande metz à petrir, trois grands coffres soit arches bois sapin, deux formes de lit bois sapin, un charriot à lit bois blanc, trois sièges fayard *(de hêtre)* pliants à deux bras, une banquette, quatre tonneaux, un buffet bois sapin, un grand coffre bois sapin, un poid a peser avec sa coupe de fer, une forme de lict bois noyer à quatre colomnes, deux autres formes de lict bois noyer, une petite table bois sapin, une autre table bois sapin, un siege bois sapin, une table de noyer, trois coffres bois sapin dont l'un est doublé de fer blanc, un gros poid a peser le foin, une oule *(marmite)* de fer de moyenne qualité, une autre oule de fer rompüe, deux chenets de gueuse, divers fers, et outils servans pour le fournau, pesans vint deux rubs *(mesure piémontaise)*, un malliot, et deux chevilles, un coffre bois noyer, une garde robe à dix tiroirs, une bordure de miroir sans glace, une table de noyer en ovale avec ses tiroirs, un garde robe bois sapin à deux portes, deux grandes gardes robes à quatre portes, trois couvertes de Catalogne, trois matelats, une couverte drap de pays, deux tours de lict Bergame, trois linceuls, les meubles de la chapelle existants sauf une chasuble qui manque, quatre grosses enclumes, une enclume pour marechal, deux grandes platines, un plombé, soit marc de gueuse.

Au Fournau (à Fourneaux).

Un oiseau de cuivre, une tenaille de maillot, une paile pour sortir la gueuse, deux tenailles pour la forge, deux

pour amoller *(aiguiser)* et une pour le maillot à tenir la
tête, un taillet et une grosse tenaille à travailler au maillot,
un pal de fer, une canne, une paire de tenailles pour
aiguiser les outils, et les autres petits outils servants
au martinet, trois pals de fer, une casse, une canne, et
une boule à lever la pierre, une enclume de fer, dix-
sept platines, une pierre à aiguiser les outils avec sa
garniture, et la garniture d'une autre, un maillot pesant trois cens livres, autre masse de gueuse pesant
quarante quatre livres, quatre enclumes de gueuse, un
poid a peser avec sa grille tirant six quintaux.

A la Daillerie de Saint-André.

Quatre malliots, une paire de cizeaux a rogner les
dailles *(faulx)*, deux tenailles pour accommoder le maillot, deux masses de gueuse, deux paires de tenailles pour
tremper les dailles, huit paires et demy de tenailles,
une petite ache, quatre chevilles de fer, une garniture
de moules, un petit poid à peser, une petite scie, deux
pailes, un pot de gueuse avec sa cullière.

RATIFICATION DU MARQUIS DE LA ROCHE

La ratification stipulée au contrat du 24 octobre
1747 est donnée par le marquis Granéri en un acte
passé dans son palais, à Turin, par le notaire Du-
rando, en présence de Monr Jean-Etienne Turbiglio
son secrétaire et Jean Secondino son valet de chambre,
témoins connus et requis. Il approuve l'acte en entier.
« Bien entendu néanmoins que l'on ne prétend pas
vendre la chapelle inscritte sous le n° 1236 de la mappe
de Frenay, non plus que les meubles et ornemens qui
en dépendent comme choses spirituelles qui sont hors

du commerce et ne font point partie du prix de vente et cession, et cependant le dit s. marquis ne se exempt (réserve) rien, et au besoin se départ gratuitement en faveur des acquéreurs et de leurs nommables... de tous droits qu'il pourroit mesurer pour ce regard... sous l'obligation de tous ses biens présents ».

VI.

LETTRES DE SUISSE ET DE SAVOIE

I. *Lettre de Mme de Warens à M. Magny* (1).

M. Glardon pense que cette lettre a été écrite de Vevey en 1724. M. de Montet, après avoir établi que Madame de Warens était déjà de retour à Vevey en septembre 1722, puisqu'elle y fit alors son testament public, estime que la lettre a dû être faite à Lausanne avant 1722, parce que, à cette dernière date, Madame de Warens et Magny habitant Vevey l'un et l'autre, celui-ci aurait adressé ses reproches de vive voix. L'argument n'est pas tout à fait décisif, car, après des représentations orales demeurées inutiles, Magny a fort bien pu envoyer à son ancienne pupille un

(1) A. GLARDON, *Le Chrétien évangélique*, 1893, p. 16. En 1724, François Magny était âgé d'environ 72 ans ; il mourut à Vevey en 1730 (E. RITTER, *la Jeunesse et la famille de J.-J. Rousseau*, p. 243 et 259. Paris, Hachette, in-8°, 1896.)

résumé de ses observations sur sa conduite, et Madame de Warens, grande épistolière comme on sait, s'empresser d'y répondre par une réfutation qu'elle croyait victorieuse. On voit que dès cette époque elle possédait l'aplomb et la confiance en son infaillibilité qui ne l'ont plus quittée. La démarche de Magny avait peut-être été sollicitée par M. de Warens afin d'arrêter sa femme dans des dépenses que, dès ce moment, il tenait pour excessives.

Vevey, 1722, 1724 ?

« Monsieur,

« J'ai toujours fait trop de cas de ce qui peut venir de votre part, pour que je n'aye pas l'honeur de repondre à la letre que vous vous êtes donné la paine de m'écrire. J'en ai fait la lecture avec toute l'atention dont je suis capable et quelle mérite assurement ; puisqu'elle renferme aussi un grand nombre de passage de l'ecriture que nous ne devons jamais nous lasser de mediter et detudier puisquelle seule peut nous soutenir dans les pas glissans et d'une nature propre à nous seduire.

« Je conviens que ma vie paraîtra mondaine à une personne consommée dans la piété comme vous l'étes. Mais mon cher Monsieur je vous ai toujours reconnu un si bon cœur et si porté à juger en bien des personne que vous n'avez pas meme eu le tems de connoitre parfaitement que j'espère que vous voudrez bien avoir la meme condescendance à mon égard. Ce qui m'en flate d'autant plus ce sont les bontés que vous avez eu pour moi, mayant bien voulu servir de pere pendant ma jeunesse et majant toujour temoigné depuis mille

marques damitié dont je suis penetrée de reconnoissance et le serai toute ma vie.

« Ajez donc egard mon cher Monsieur a la situation
ou je suis des ma plus tendre jeunesse. Mon mariage
m'ajant donné quantité de parens d'amis et de connois-
sances qui sont des personnes distinguées par leur
naissance et par leurs bien nest il pas juste que je me
fasse un devoir de faire mes honneurs che moy après
en avoir reçus et en recevant tous les jour chés eux de
plus considérables et qui mengage indispensablement
au retour — Je vous avoue que j'ai le cœur placé de
maniere a etre charmee de macquitter autant qu'il
mest possible, d'alieur si vous connoissiez bien le cara-
taire de ses personne et la maniere dont nous vivons
ensemble je suis persuadee que vous ne me trouveriez
pas si criminelle.

« Si javoit cru ma consience engagee dans ces démarches je ne les auroit pas faite assurement puis que rien
ne doit nous être aussi cher et que nous devons plutot
tout sacrifie que de la perdre. Mais je vous avoue
ingenument que je ne croi pas que la Religion condanne
des societé aussi innocente.

« Je nai jamais souhaité de briller ni de me donner
des airs du bien quil à plu a Dieu de me dispenser : je
sai au contraire que le mojen de luy etre agréable est
duser avec modestie des faveurs quil nous accorde. je
sai encore quil ne nous donne pas ce bien absolument
pour nous et que nous nous devons faire un plaisir
dassister ceux qui peuvent avoir besoin de notre secours
en leurs faisant part des grasse que nous tenons de sa
bonté.

« Mais apres cela je crois quil nous est permis den

user avec modération et reconnoissance et de gouter
meme bien des dousseurs qu'une situation aisee fournit
dordinaire.

« Il se peut que ma jeunesse sert à m'eblouir et a
me faire voir les chose dans un fau jour. je vous assure
ce pendant que je me sens tres peu atachée a ce que je
possede : je fai les chose avec une indiference qui me
surprend quelque fois. C'est une grasse toute particu-
liere que jay à rendre à Dieu, puisque suivant le cours
ordinaire de la vie nous navons sil faut ainsi dire, que
quelque moments à jouïr des objets qui nous atachent et
qui nous flatent. je mestimerai bien heureuse, si je puis
etre toujour la meme à cet egard, afin que quand il faudra
la quiter, je puisse m'y resoudre sans paine et rompre
facilement les liens qui peuvent encore matacher tandis
que j'habiterai cete terre que je ne regarde que comme
un passage tres epineux, qui me conduira, sil plait au
Saigneur, a un état plus heureux et plus permanent et
qui me fera gouter les veritables delices que je cherche-
roit inutilement ici puisquil est impossible de les y
trouver.

« Je vous remercie tres humblement des exhortation
que vous avez eu la bonté de m'adresser, dont je tacherai
de profiter autant quil me sera possible et de retrancher
insenciblement et peu a peu les inutilites de ma vie.

« Je fais bien des veux pour la conservation de votre
sante, et suis veritablement et avec respect,

« Monsieur,

« Votre tres humble et tres obeysente servente

« F L De Warens née De La Tour. »

II.   *Mme de Warens à M. Magny* (1).

Annecy, 16 juillet 1727.

Monsieur, je suis tout à fait inquiète sur votre voyage
et ne puis me refuser la satisfaction d'en apprendre des
nouvelles le plus tôt possible dans la peine où je suis
que ces deux journées de cheval ne vous aient incom-
modé. Le Seigneur veuille que votre santé qui est
chère à tant de personnes et à moi en particulier, n'en
souffre pas et que vous la conserviez parfaite aussi longtemps que je le souhaite. Permettez que je vous
exhorte à la ménager. Vous y êtes engagé par votre bon
cœur et la véritable charité dont vous êtes rempli et qui
se fait ressentir aux autres avec tant de consolation. Si
vous pouviez lire dans mon âme et voir le bien que
votre présence a fait à mon cœur en y fortifiant l'amour
du Seigneur et le sincère attachement à son service, je
me flatte que vous seriez satisfait. Pour moi je ne puis
que me récrier que les voies de Dieu sont sages et
qu'elles sont impénétrables à l'homm animal. Je ne
doute point que le Seigneur ne vous ai conduit ici par
une inspiration de sa grâce toute partic, lière pour que
vous me soyez une aide efficace par vos prières pour
mon bonheur éternel, et un secours assuré pour m'aider
à me remettre dans le lot (2) naturel où je devrais être,
qui est de manger le pain qui est à moi et non pas celui
des étrangers qui est toujoujours tres amer lorsqu'on a
un peu de sentiment, quoiqu'on me le donne de bon

(1) L'*Evangéliste chrétien,* p. 19.
(2) Au lieu de *lot,* M. de Montet a lu *cas. (Revue hist.
vaudoise,* 1898, p, 370.)

cœur et avec assez d'abondance. Cela ne saurait me satisfaire par la crainte où je suis que cela ne soit toujours un piège pour moi pour me faire rentrer dans le monde et dans un monde bien dangereux ou j'ai été et suis encore sollicitée...

Je remets mes intérêts entre vos mains charitables sous le sceau du secret, et demande au Seigneur qui est le maître des événements et qui tient les cœurs des hommes en sa main d'en disposer comme il le jugera à propos pour mon salut et sa plus grande gloire.

« Passant ensuite a des affaires plus matérielles, dit M. de Montet (*Documents inédits*, p. 370), Madame de Warens envoie à Magny, avec sa lettre, un double de la donation entre vifs qu'elle avait faite à son mari, ainsi qu'une consultation au sujet de cet acte et lui demande ce qu'il en pense. »

III.   *Mᵐᵉ de Warens à M. Magny* (1).

Annecy, 18 août 1726.

Monsieur, — Je vous ai toujours eu tant d'obligation que j'espère d'obtenir la grâce de vous que je vais vous demander. Comme je n'ai jamais cru d'avoir besoin de dire qui j'étais je ne me suis point embarrassée de ma descendance *(ma généalogie).* Aujourd'hui je me trouve dans le cas de dire que je suis noble pour satisfaire à Sa Majesté *(le roi de Sardaigne)* qui souhaite d'en être

(1) Cette lettre a été publiée par M. Glardon dans *l'Evangéliste chrétien,* loc. cit., p. 18, conformément à l'original. L'orthographe y est beaucoup plus défectueuse que dans la première lettre. Nous la publions avec l'orthographe actuelle,

instruite. Faites-moi la grâce, mon cher Monsieur s'il vous est possible, d'avoir un petit abrégé de ma descendance et de le faire d'une manière aussi avantageuse qu'il vous sera possible. Je sais bien que mes ancêtres ne se sont guère embarrassés de ces sortes de choses que je regarde moi-même comme des folies. Ce n'est pas la vanité qui me le fait demander mais la nécessité d'avoir du pain. Comme je suis à présent dans un pays où cela fait une grosse différence (1), faites, je vous prie, tous vos efforts pour me procurer cet avantage et surtout gardez-moi, je vous prie, le secret à cet égard ne voulant pas que l'on sache la chose avant que je puisse la dire moi-même.

Je ne vous répeterai pas quels sont les motifs de mon changement ; je me flatte que ma mère (2) vous fera part de ma lettre. Je ne doute point que je ne doive ma conversion aux bonnes prières que vous avez faites pour moi, avec bien d'autres bonnes âmes chrétiennes. Dieu me fasse la grace d'en recueillir les fruits.

IV.   *Mme de Warens à M. Magny.*

Annecy, 23 juillet 1727.

M. Magny a répondu à madame de Warens ; celle-ci lui écrit immédiatement pour le remercier des bonnes exhortations qu'il lui a adressées. Elle lui exprime sa

(1) C'était exact. Il est certain que la pension qu'elle sollicitait devait être d'autant plus forte que la noblesse de sa famille apparaîtrait plus élevée.

(2) C'est-à-dire, sa belle-mère, Marie Flavard, seconde femme de M. de la Tour, père de Mme de Warens. Jusqu'à présent, la lettre à Madame de la Tour n'a pu être retrouvée.

joie du bon état de sa santé, malgré les fatigues d'un voyage pénible, et lui demande de lui acheter, comme elle se trouve fort languissante, de l'*esprit* de cochléaria du pharmacien Burkly, pour un louis d'or qu'elle lui envoie (1).

V.   *Mme de Warens à François Magny.*

Menthon (près Annecy), 25 août 1727.

Madame de Warens accuse réception de la « coquelaria » ainsi que de deux écus patagons de reste. Elle demande encore quelques bouteilles du médicament avec quelques prises d'acanon *(arcanson)* et d'émétique « que, dit-elle, ma mère fait, ainsi que de la composition de sel amonia et de corne de cerf qu'elle donne dans les fièvres. Je souhaiterais d'avoir quelques-unes de ces recettes de feu mon père » (2).

...Le Seigneur me fasse la grâce de tourner mes croix a sa plus grande gloire et à mon salut et que ne m'attachant plus aux choses de la terre, je mette mon but aux choses permanentes de la vie éternelle » (3).

Le seigneur ne le voulut pas... et cette lettre du 25 août paraît clore la correspondance avec Magny.

M. Glardon *(loc. cit.)* a dit, très justement, que Madame de Warens savait changer de ton suivant la personne à qui elle s'adressait. En écrivant à Magny, elle parlait « le patois de Chanaan ». Il n'est pas éloigné de croire qu'elle se soit expri-

---

(1) A de Montet, *Dacuments inédits*, p. 370.

(2) A. de Montet, *loc. cit.*, p. 371.

(3) A. Glardon, *loc. cit.*, p. 20.

mée comme elle l'a fait, afin de « parler au fou
selon sa folie ». Elle semble fort indifférente sur
la façon dont le culte sera rendu « au Seigneur ».
Son mari attribuait cet état d'esprit aux princi-
pes des piétistes. Cette indifférence, dit-il, était
déjà le sentiment de son père. (A. DE MONTET,
Mme de Warens et le Pays de Vaud, p. 224.)

VI.   *Mme de Warens à M. Hugonin.*

Chambéry, 1er janvier 1737.

Monsieur. — J'ai reçu comme je le devais la politesse
que vous m'avez fait l'honneur de me faire au sujet de
votre mariage avec ma nièce. Je suis charmée qu'elle
renouvelle en sa personne les alliances qu'il y a déjà eu
par le passé de notre famille et de la vôtre. J'ai infiniment à cœur le bonheur de cette chère nièce, que je
regarde comme mon enfant. Je vous la recommande et
je vous prie en grâce Monsieur de vouloir faire son
bonheur, comme j'espère qu'elle fera le vôtre. Je suis si
persuadée que vous ne pensez pas comme M^r votre
cousin le châtelain, que je me tranquillise sur ses dis-
cours, quelque répugnance que j'aie eue à les entendre.
Je compte qu'elle sera parfaitement dédommagée par
vos politesses et vos bonnes manières de ce qui manque
de ces côtés là à mons^r votre parent. Je prie le Seigneur,
dans cette nouvelle année, qu'il veuille répandre sa
sainte bénédiction sur votre union et qu'il vous comble
de toutes ses grâces, tant par les prospérités que par
une santé bien affermie, afin que vous passiez ensemble
des jours longs et heureux. Quelque éloignée que je sois
de vous Monsieur et de ma chère nièce, je ne laisse

pas que de conserver le même empressement à vous
être utile, à l'un et à l'autre, soit à vous soit à la famille
dont il plaira à Dieu de vous bénir. S'il se présentait
quelque cas où vous me crussiez propre à quelque chose,
je vous prie de disposer de moi comme d'une personne
qui vous est dors en avant entièrement dévouée et plus
que personne au monde avec une parfaite et respectueuse
considération Monsieur Votre tres humble et tres
obeissante

De Warens De La Tour.

VII. *Mme de Warens à M. Hugonin.*

15 novembre 1737.

Monsieur. — Vous me rendez justice lorsque vous
vous êtes persuadé du vif intérêt que je prends à la conservation de ma chère nièce. Quelle n'a point été ma
joie lorsque j'ai lu dans votre lettre qu'elle vient de vous
donner un fils. J'en loue Dieu de tout mon cœur et je
vous en félicite l'un et l'autre, ne doutant point que ce
soit un nouveau lien qui resserrera encore de nouveau
ceux de la tendre amitié qui vous a unis. Soyez persuadé
Monsieur que mes vœux ont été continuels depuis votre
mariage et pour l'un et pour l'autre. Je rends grâce au
ciel des faveurs qu'il vous accorde et je le prierai et ferai
prier chaque jour pour qu'il vous comble sans cesse de
ses bénédictions les plus précieuses. Permettez que je
vous dise avec franchise que par la politesse de votre
lettre j'ai lieu de me persuader, que vous auriez répondu
aux précédentes, si vous les aviez reçues, que j'ai eu
l'honneur de vous écrire, tant au sujet de votre mariage
avec ma nièce qu'à l'occasion de la perte que vous avez
eu le malheur de faire d'un père respectable et que je

considérais infiniment. Cependant vous aviez gardé le silence jusqu'à présent, cela me mettait hors d'espérance pour l'avenir de pouvoir vivre dans les liaisons qu'exigent le sang et l'amitié. Il ne me reste plus de doute à présent sur la vôtre après les marques obligeantes que je viens d'en recevoir. Vous devez être aussi persuadé l'un et l'autre que je chercherai toutes les occasions qui pourront dépendre de moi pour vous convaincre de la sincérité de mon attachement à votre égard. Faites-moi le plaisir de m'apprendre l'état où se trouvera ma chère nièce à la fin de ses couches et si l'aimable enfant continuera à se bien porter ; je suis d'un empressement à cet égard qui est au delà de toute expression. Il ne serait pas mal à propos que vous questionnassiez un peu le maître de poste de votre ville de la Tour, pour savoir ce que sont devenues les lettres que je vous ai écrites. Je soupçonne fort que quelqu'un les a retirées pour vous et pour votre épouse, que j'embrasse avec toute la tendresse possible vous assurant l'un et l'autre du dévouement parfait et de la considération avec laquelle je suis, etc. (1).

VIII. *Mme de Warens à Mme la lieutenante Hugonin, née de la Tour, à la Tour de Pilz (La Tour de Peilz, près Vevey).*

[Chambéry], 15 mars 1738.

Madame et tres chère nièce.

Le sieur Vaudau et venu dans ce païs soliciter la

---

(1) Lettre appartenant à M. W. de Sévery. — Elle a été publiée par M. de Montet dans *Documents inédits, loc. cit.*, 1899, p. 17.

détention (*la libération*) de son parent. Il contoit de pouvoir le sortir de prison pour une bagatelle mes il n'y a rien à faire à moing de trois cent livres et encore a t on égard à sa pauvreté. Le dit Vaudau n'étant pas en argent il s'en retourne au pais pour voir s'il poura faire cette somme et il ma prié de tenir main à la détention de son parent ; ce que je ferais de bon cœur, pour veu que vous et Monsieur votre épouz, que jembrasse cordialement, m'écrivié une lettre par laquelle je n'ai rien à risqué de répondre pour le dit Vaudau en atendant quil envoie le dit argent ; à quoi vous tiendré main ci vous plait pour que ce soit le plus tôt possible.

Je ne prendrais pas toutes ces précotions netois que j'ai été trompée déjà plusieurs fois depuis que je suis hors de ma patrie par des personnes de mon pays qui sont venues ici profiter des assistances et des charités que j'ai pu leur faire et qui ensuitte se sont moqué de moi et ont abusé de ma bonne foi et de ma simplicité. Aincy voié, ma chère nièce, si vous pouvez faire la charité d'aider à ces pauvres gens trouver cette somme. Je puis asseurer que c'est uniquement sur les lettres que monsieur votre épouz m'a écrit que je me meille de cette afaire et à disposé les chose de manière que je ne reste point embarrassée pour vouloir leur faire plaisir.

Ditte à Monsieur le Ministre que je lui offre mes obysence et mes excuse... si je ne répons pas à sa lêtre, mes celle-ci sufit pour cette afaire. Répondé-mol de manière ou Monsieur votre épouz que je puisse faire voir vos letres afin de rendre service à ce prisonnier. Il faut aussi avoir une atestation de peauvreté bien signé et légalizé en forme de Messieurs de Ville et la Tour (*de Peilz*), afin de faire voir la misaire du dit prisonier pour tâcher et de rabatre quelque chose ci cet possible

de la somme de trois cents livres quoiqu'il ni ai gaire
d'aparence. On ne risque rien de tenter cette voie, vous
naurez qua faire conter l'argent à M. Barillet à Genève
et me donner avi afin que je le retire aussitôt que possible. en atendant de vos chères nouvelles, agréez ma chère
nièce de même que Monsieur votre épouz et le charment
poupon, les aseurances de ma tendre et parfaite amitié,
et soyez persuadé l'un et l'autre que je suis plus que
personne au monde toute à vous, madame et très chère
nièce votre très humble et obéysente

De Warens de La Tour.

IX. Mme de Warens à M. Hugonin

(Chambéry ? avril 1738).

Suivant l'avis que vous me donnez du sieur Vodoz,
je ne répondrai pas de la somme qui lui convient
de trouver pour se délivrer des galères. Je suis fâchée
pour ce pauvre malheureux que faute de Deux Cents
Livres de Piémont, il soit obligé d'aller en galère. Si
vous voulez encore bien faire une charité pour ce pauvre
homme c'est de lire ma lettre à ses parents et les exhor-
ter à trouver cette somme dans le courant de ce mois
sans quoi ce serait trop tard, car la chaîne pour les galères partirait pour le 1er de Mai à ce qu'on m'a assuré.
Ainsi ils n'ont pas un moment de temps à perdre. Vous
ferez bien de leur donner un conseil salutaire. Je serais
fâché que la cause tourna mal après les démarches que
j'ai déjà faites. Il convient que vous vous y intéressiez. Par
rapport à moi, je m'en lave les mains puisque je ne suis
pas en état de faire de pareils présents à chacun de nos
patriotes, qui viennent demander la charité dans ce pays.

Je leur donne à tous la passade et je n'ai pas encore pu parvenir à en contenter aucun, quoique je fasse beaucoup au-delà de mes facultés. Je suis infiniment en peine de la santé de ma nièce et de celle de votre chère enfant. Je prie le Seigneur qu'il veuille les rétablir et vous les conserver. Donnez-moi de vos chères nouvelles, je vous en prie, et répondez-moi en même temps le plutôt que vous pourrez pour ce qui regarde Vodoz, afin que je sache si l'on peut le tirer de sa prison oui ou non il faut aussi une autre attestation de pauvreté. Celle qu'il a reçue pèche par la forme, etc.

X. *Madame de la Tour, née Flavard, à M. le lieut^t Hugonin.*

Du Basset 8 mai 1738.

Monsieur mon cher neveu,

Les difficultés à maintenir à ce bien qu'on foule de tous côtés augmentant tous les jours, je ne puis plus soutenir les peines qu'il me donne, vous assurant que si je n'avais pas été privée de mes droits par la mauvaise foi de M. de Vuarens, qui a su tromper L.L. E.E., il y aurait longtemps que je me serais accommodée avec Madame votre épouse, légitime héritière et par les droits de la nature et par la disposition de feu mon mari, afin d'en manger les petits revenus avec un peu plus de tranquillité. Faites donc, je vous prie, une tentative auprès de Leurs Excellences. J'espère de leur équité qu'elles vous accorderont ce très petit morceau de bien, qui n'est qu'un grain de sable pour elles ; et que par là je pourai me mettre à l'abri de tant de peines et d'inquiétude, qu'il me faut essuyer pour tirer ma vie de ce

misérable bien, à moins de quoi, je serai contrainte de
présenter requête à L. L. E. E. pour les supplier selon leur
équité, considérant que M. de Varens n'avait aucun
droit sur ce bien, qui n'est qu'une mince part du bien de
mes propres enfants, qui sont morts dans un âge d'inno-
cence et n'ont jamais péché ni contre leurs lois ni contre
leur volonté, qu'il leur plaise de me remettre dans mes
droits ou de se charger du bien et me faire une pension
pour vivre selon mes besoins. J'aurai mon cher neveu
un véritable plaisir, que vous obteniez cette faveur de
leurs E. E. et par là je serai dispensée ou délivrée de la
peine que je me fais de les importuner.

Mes tendres amitiés à votre chère épouse et croyez-
moi, etc....

XI. *Mme de la Tour née Flavard à M. le capitaine
Hugonin.*

Du Basset, le 9 décembre 1744.

Monsieur et cher neveu,

Réfléchissant sur ce dont nous avons parlé, la dernière fois que j'ai eu le plaisir de vous voir, il me
semble qu'il n'est pas possible que le magistrat vous
refuse ce petit morceau de bien sur lequel ma nièce votre
épouse a triple droit. Elle en doit être héritière par le
droit de la nature, par la dernière volonté de feu mon
cher époux et par la mienne, répondant avec affection
à la sienne, comme très juste. Dans cette affection je n'ai
pas attendu de disposer de ce bien, dont j'étais héritière
pendant ma vie jusqu'à la fin d'icelle. Quand j'en fis
d'abord donation entre-vifs à sa famille propre, neveux
et nièces, desquels votre chère épouse est du nombre, et

étant restée seule, et par conséquent seule héritière, je ne m'étais pas attendue que L. L. E. E. me privassent de ce droit, puisqu'on a jamais vu jusqu'à moi qu'elles aient privé personne d'un bien substitué. Je sais bien que Mr de Warens a trouvé moyen par la subtilité de plusieurs avocats de tromper L. L. E. E. afin qu'elles lui abandonnassent le bien de sa femme, fautive contre leur loi.

Mais ce bien ne devait ni ne pouvait être regardé comme appartenant à Mme de Warens, mais plutôt comme une mince portion du bien de mes enfants, desquels mon mari m'établissait héritière, lesquels sont morts dans leur plus tendre enfance. Ils n'ont par conséquent jamais fait faute ni contre le magistrat ni contre les lois. Cependant c'est eux, en leurs biens, qui portent les fautes de Mme de Warens. Vous avez en main le testament de mon mari, lequel, bien examiné, sera au plus trouvé dans le cas d'être corrigé, selon un mandat de L. L. E. E. publié peu d'années avant dans tout leur pays, que tous testaments défectueux seront corrigés, mais qu'on conserverait l'intention du testateur. Toutes ces raisons bien représentées, je ne doute pas que vous n'obteniez une chose qui vous est si légitimement due. Ce sera une satisfaction pour moi, si le magistrat, m'ayant privée d'un droit veut bien donner lieu à ce que j'ai dû et voulu faire, ait son effet.

Mes tendres salutations à ma chère nièce votre épouse à laquelle comme à vous avec bien de considération...

XII. De Mme Françoise-Marie de la Tour à son mari le capitaine Hugonin, à Berne.

La Tour, 21 mai 1745.

Mon très-cher ami

Je n'ai point trouvé de voie plus sûre pour me mettre au fait de la belle manœuvre de notre conseiller (1) que d'aller droit à la source. C'est pourquoi je suis allée m'adresser à sa fille d'icy (2) pour la prier de me donner quelques éclaircissements sur les prétentions de son père, et lui témoigner en même temps ma surprise sur ce qu'il ne l'a pas fait dans les occasions qui se sont présentées et cela plus d'une fois et entr'autres lorsque nous nous trouvâmes ensemble aux Bassets et que notre conversation roula là-dessus. Elle m'apparut, de même que son mari, extrêment surprise et m'a fort assuré, que jamais il n'avait été question de rien de semblable dans leur famille. Ils m'ont seulement fait connaître, qu'il avait bien pensé que la récolte lui devait venir, mais non pas qu'il forme aucune prétention sur les fonds. Et là-dessus sa fille est partie tout de suite pour lui aller parler et par la réponse qu'elle m'a fait, il ne croit pas d'avoir rien fait qui puisse vous faire de la peine et qu'il ferai revenir sa lettre pour la faire voir à qui l'on voudra et qu'il n'a fait les choses que dans un bon but et croit avoir fait une action, qui mérite tout de suite le paradis, ce qui lui serait fort avantageux (3). Il est vrai qu'il trouve que vous vous êtes

(1) M. Miol, beau-frère de Mme de la Tour née Flavard.
(2) Mme Baron habitant la Tour de Peilz.
(3) Le ton moqueur de la lettre à l'endroit de M. Miol montre que Mme Hugonin avait profité de son long séjour auprès de Mme de Warens, sa marraine.

trop pressé de faire ce voyage ; rien ne pressait selon lui
et rien ne périclitait au lieu que par votre empressement
vous exposiez ce fond là à être dissipé ou au moins en
partie, par les lauds (1), parce qu'il prétend que si vous
l'aviez pu obtenir, vous auriez dû en payer un et au
cas qu'il fut revenu à ma tante, elle aurait du en payer
un second. Ainsi c'est charité toute pure qui le fait agir
de cette façon ; nous ne devons pas en douter, le tenant
de source. Au reste, il est piqué, à ce qu'il dit, que vous
lui avez fait mystère de votre voyage à Berne surtout
lui ayant manifesté que Madame de Warens devait revenir, et cela, dans la chaise lorsque vous veniez ensemble pour l'ensevelissement de notre chère tante
défunte ; et qu'il doit aussi l'avoir manifesté, je ne sais
pas bien si c'est le même jour ou celui d'avant à Mr le
châtelain Hugonin. Mais ce qui me surprend c'est
qu'ayant eu l'occasion de m'en parler, il ne l'aie pas
fait l'occasion étant si bonne, puisque nous étions sur
ce chapitre au Basset, ce qui me fait assez croire qu'il a
songé ou voulu songer qu'il l'avait fait, car il ne serait
pas naturel de croire que s'il vous avait fait un tel aveu,
vous eussiez pris le parti que vous avez pris et que vous
ne m'en eussiez rien dit. A tout cela j'ai répondu comme
je devais, mais cela serait trop long à vous apprendre,
je vous dirai seulement, qu'il a dit à sa fille que si vous
restiez encore quelques jours à Berne, vous les verriez
arriver. Mais je ne sais pas tant qu'en croire. Je pense
qu'elle prendra encore quelques mesures avant d'entreprendre ce voyage. Voilà quelles sont mes idées, mais
par rapport à ses propres intérêts il dit qu'il ne prétend
rien et qu'il n'a prétendu parler dans sa lettre que de la

(1) Espèce de droits de mutation.

conservation de ceux de Mme de Warens. Je souhaite
que vous puissiez partir d'abord ma lettre reçue, car je
compte qu'il vous faudra bien encore tout ce temps là
pour pouvoir retirer vos papiers, si tant est, que vous
ayez pu avoir le bonheur d'être expédié aujourd'hui,
comme je l'espère. Nos Messieurs, de même que tous
les parents et amis vous font leurs compliments. Ils
s'impatientent de même que moi de votre retour. Adieu
mon cher ami et croyez que je suis du meilleur de mon
cœur, votre très-humble et très-affectionnée

HUGONIN DE LA TOUR.

La Tour 21 Mai 1745.

P.-S. — Monsieur Barneau a eu la bonté de prier
Mr Vautravers de prendre garde s'il recevra quelques
lettres ; il n'en a point reçu Mercredi.

XIII.   *Melle S. E. Payoud à M. Hugonin.*

Cette demoiselle, parente, liée en tout cas, avec
M. d'Erlach, avoyer de Berne, avait reçu de celui-ci
communication d'une lettre que Mme de Warens, dans
son voyage à Evian et au pays de Vaud, en 1745 (1),
lui avait adressée au sujet de la revendication de ses
propriétés contre ses concurrents vaudois, notamment
contre Mme Hugonin. Mlle Payoud était liée aussi avec
M. et Mme Hugonin. Elle leur transmit une copie de la
lettre de Mme de Warens afin qu'ils pussent adresser
un contre-mémoire aux autorités bernoises. Pour qu'elle
ait osé, de connivence avec l'avoyer, commettre cette

(1) MUGNIER, *Mme de Warens et J.-J. Rousseau*, p. 224-
230 ; A. DE MONTET, *Documents inédits*, p. 54.

perfidie, il fallait qu'elle connût les promesses de Mme de Warens aux époux Hugonin. Elle leur dit :

Berne, 26 mai 1745,

« .... Vous verrez que cette dame ne parle pas un seul mot [de] se vouloir réformer et qu'elle se coupe chaque moment, disant qu'elle avait déjà été jusqu'à Echallens lorsqu'une incommodité l'a disposée à s'en retourner à Chambéry. Et elle dit *d'Echallens* lorsqu'elle met le quantième du mois. Elle est comique et assez plaisante dans son détail, comme vous le verrez, mais que le tout soit entre vous et moi, car S. E. *(l'avoyer)* dit qu'il ne conviendrait pas que les autres sussent rien de ceci.... Je vous prie de faire mes compliments à votre chère épouse, désirant qu'elle vous ait reçu en bonne santé et que le voyage ne vous ait pas trop fatigué... »

XIV. *Le capitaine De Pollier à M. Hugonin.*

30 mai 1745.

Monsieur, je parlais à mon passage à Cully à Mons. l'advocat Portaz. Il feignit d'abord de n'avoir pas veu Mme de Wuarenz, mais quand je luy ai dit que je sçavois qu'elle était allé joindre à Eschallens avec M. le conseiller Miol, il m'avoua qu'il l'avoit vue, mais qu'il n'avoit sceu que c'étoit elle que lorsqu'il fut à Cully ; qu'elle s'étoit fait apeler Madame la Comtesse. Qu'au reste il étoit vray qu'elle l'avoit consulté sur plusieurs affaires pour lesquelles elle avoit exigé de luy le secret et qu'il me prioit de ne pas trouver mauvais qu'il ne m'en dit davantage. Je luy fis voir votre mémoire. Il le trouva très bien couché et me dit qu'il ne croyoit pas que

personne put penser différemment. Je lui parlais du
prétendu billet de Mons. Miol il m'assura en honnête
homme n'en avoir aucune connaissance et que ni elle
ni le dit sieur ne luy en avoit fait mention. J'aurois fort
souhaité, Monsieur, pouvoir tirer de Monsr Portaz d'autres éclaircissemens puisque j'aurois été charmé de vous
donner dans cette occasion... *(Salutations).*

XV. *Extrait d'une lettre anonyme de Genève à
M. Hugonin, en date du 5 juin 1745.*

Madame de Wuarens à son passage, ici, consulta
M. le Résident, sur le dessein qu'elle a de plaider pour
obtenir la permission de vendre un petit fond qu'elle a
aux Bassets dans le pays de Vaud. Il luy répondit sa-
gement qu'ayant déjà comme elle le luy disoit tant fait
de sacrifices à Dieu elle devait encore luy faire celui-là
et ne pas s'embarrasser l'esprit de procès. Je comprends
combien Mme Hugonin sa nièce a dû être émue en la
voyant, mais je ne comprends point pourquoi elle a dit
à M^r et Mme De Marcay qu'elle avoit changé de nom (1)
en passant à Vevay, ne s'y étoit point arrêtée et n'y avoit
vu personne. C'est une véritable comédienne bien mé-
prisable à tous égards etc...

XVI. *Mme de Warens à M. Hugonin.*

Ce Lundit dont giniore la datte du mois de
Juin 1745.

Monsieur mon cher neveu.

Je vien dans ce moment d'ariver à Genève où jay
trouvé des lettres pour moy de Chambéry. Je sens que

(1) Elle avait pris le nom de « comtesse de Conzié ».

ma présence devient très-nécessaire chez moi, c'est
pourquoi j'ai l'honneur de vous doner avis, que je ne
pourais faire qu'un séjour très court à Evian. Je conte
y ariver demin Dieu aident qui seras un mardy et d'en
repartir Dimenche. Prenez donc je vous en prie vos
mesures là-dessus afin que j'aie le plaisir de vous revoir
encore une foi, cy vous jugez la chose nessessaire pour
pouvoir finir tout de suite nos afaires amicallement.
j'espaire que vous aurez reseu la lettre que je vous ai
écrite de Culy et que j'ai fait porté par une aucasion ché
Monsieur Baron pour vous être remise. Jay prié Monsieur l'avocat Portas de vous expliquer mieu mes intentions que je nais eu le tems de le faire moy-même,
ayent toujours étés interrompues par les diférents allent
et venent qui sont venus nous troubler.

J'espaire que vous conneitres et par ce que Monsieur
l'avocat vous dira et par toute ma conduitte que je suis
plus sinseirements de vos amie que vous ne pences, et
que je ne sais pas me servir de mauvais mojens ny de
porte de derrière, comme on a prétendu vous l insinuer
en vous faisant entendre que j'avois fait un (billiet) à
Monsieur Miol, pour luy faire une remise de mes droit,
ce qui ne met jamais venu en pencée de faire, ny à luy
de me le demander. Cest ce que je puis vous asseurer
parolle dhonneur. Je vous prie donc Mr et très-cher neveux, pour lavenir, au cas qu'on voulut vous faire encore
quelques autres insinuation de vous en expliquer naturellement avec moy. Il me semble qu'il ne doit james
rester de vieux levin entre les parens qui veulent être
amy. J'espaire, avec l'aide du Seigneur, que vos sentiments et ceux de ma très-chère nièce votre épouse serons
dors en avant conforme au miens et que rien ne seras
capable de fomenter entre nous la mésintéligence. C'est

la grâce que je vous demende à l'un et à l'autre et la grâce aussi de me croire avec un tendre et sinsaire attachement etc.

Dans un P.-S., elle prie M. Hugonin, s'il vient à Evian en bateau, d'amener avec lui M. Baron.

XVII.   *Mme de Warens à M. Hugonin.*

(Fin mai 1745 ?)

Monsieur mon très-cher neveux

Citot à mon arivée j'ai eu le plaisir de vous écrire une très grande letre pour répondre à celle que jay trouvée icy de votre par et de celle de ma très chère nièce votre épouse, et vous rendre mes justes actions de grâces de toutes les politesses que jay reseu de votre part et de la siène pendent les moment que j'ay passé près de vous. Je serois charmée à mon retour de vous rendre le change quand il vous plairas de m'acorder une de vos visite. Il ne faut pas que le peauvre hermitage que jabite *(les Charmettes)* vous fasse toujours peur. Soié persuadé de tout mon empressement, à vous y recevoir. Vous vairez que la cordialité et le bon cœur rend souvent les choses plus supportables qu'on le pence dans l'éloignement. Il dépendra de vous d'en faire l'épreuve quand il vous plaira. Le plus tot sera toujours le mieu pour ma satisfaction. Vous me surprenez lorsque vous me dite que M^r le conseiller.... machine quelque chose en secret contre vous. Je ne soreis encore me le persuadé et je crois à vous parler amicalement que ce net qu'un mésantandu entre-vous est luy. Car il me parla si amicalement ché M^r l'avocat Porta de Cully ou je le vis encore à mon retour icy que je ne crois pas qu'il liait aucun mau-

vais levin il est vrai que lorsque je luy dit et à Mons.
l'Avocat, que j'étois résolu à vous céder entièrement
mon bien du Basset qu'il me répondit qu'il espéroit que
je ne trouverais pas mauvai qu'il retirat quelques nipes
qui étoit de sa belle-sœur, de même qu'un pressoir
qu'elle avoit fait faire à ces dépends depuis peut. A quoi
je lui répondis que je ne doutait nülement que vous ne
fissié à son égard tout ce qui seroit juste est raisonable
et que je vous prierois même de la chose si c'étois nessessaire. Cy vous prenez la peine de vous aboucher
avec M. l'Avocat Porta dans mes précédentes, je m'assure que vous apprendrez avec plaisir tout ce qui fut dit
à votre sujet tant de ma part que de celle de ces Messieurs.
Faites-moi donc la grâce de suspendre votre jugement,
jusqu'à ce que vous ayez parlé à Mr Porta à qui je vous
prie de faire agréer mes rèmercîments et mes sentiments
de reconnaissance sur toutes les marques d'attention que
j'ai reçue de luy et de Madame son épouse j'espaire dans
la suitte trouver quelques aucasion à leur en marquer
toute ma reconaissance. J'embrasse tendrement ma très-
chère nièce et vos chers enfants et je vous prie de faire
agréer à vos Messieurs mes très-humbles obeysences.

J'ai l'honneur d'être avec un tendre attachemant et
une très-parfaitte considération Monsieur mon très-cher
neveu etc....

XVIII.   *Mme de Warens à M. de Montet* (1),
    seigneur juge consistorial à Vevey (2).

Chambéry, le 8 novembre 1745.

Monsieur,

Vous pensiez si judicieusement que je crois pouvoir
sans rien risquer vous ouvrir mon cœur autant que cela
se peut par lettre, à l'égard de la circonstance où je me
trouve. J'ai la douleur de voir que le reste de mon sang
qui consiste uniquement en Madame Hugonin, qui est
en même temps et ma petite nièce et ma fillieule et à
qui j'ai servi de mère pendant dix années, m'a entièrement effacé de son cœur, au point qu'elle a eu le courage
d'accepter à mon préjudice une donation que Mme ma
belle-mère lui a faite d'un bien dont elle ne pouvait pas
disposer, puisqu'elle n'en avait pas la propriété mais la
simple jouissance, cependant aujourd'hui je ne puis plus
ignorer tous les soins qu'on se donne pour me priver
totalement de mon bien, puisque Mr Hugonin a jugé à
propos de faire la sourde oreille aux propositions que je
lui avais fait faire, que je lui offrais d'assurer à sa
femme et à ses enfants la propriété de mon bien du
Basset pourvu qu'on me fît seulement jouir des revenus
pendant ma vie. L'on n'a rien répondu à ma proposition,
je suis allée plus loin crainte qu'un autre que moi-même
n'ait pas expliqué mes intentions. Je pris le parti d'écrire

(1) Frédéric-Gamaliel de Montet, châtelain de Palézieux
et juge.

(2) Cette lettre a été publiée en entier, sauf le dernier pa-
ragraphe, par M. Albert de Montet dans *Documents inédits*,
p. 59-61, et avec l'orthographe rectifiée.

à Mons. Hugonin, après l'avoir remercié de ce qu'il avait eu la politesse de me recevoir chez lui à mon passage à la Tour. Je le priais de bien vouloir à son tour me faire l'honneur de me venir faire une visite comptant que nous pourrions à l'amiable terminer ensemble. Comme il m'a fait l'honeur de me répondre que ses occupations ne lui permettaient pas d'entreprendre ce voyage et que j'ai appris d'ailleurs qu'on mettait tout en usage pour me priver du droit de disposer de mon bien, suivant ma libre volonté, j'espère, Monsieur, qu'ayant l'honeur de vous appartenir, tout comme Mons. Hugonin et Mme sa femme, que vous voudrez bien avoir la bonté d'être un milieu de paix entre eux et moi, en leur expliquant avec votre esprit et votre prudence accoutumés, mes dernières intentions à leur égard. Les voici en peu de mots : mon désir sincère a toujours été de bien vivre avec eux et de donner des marques d'amitiés à mes petites-nièces, ou à leurs enfants, autant que mes facultés et les circonstances auraient pu me le permettre. Mais je ne veux pas être forcée dans ce que j'aurai à faire. Mme Hugonin me fit sentir pendant mon séjour près d'elle et de plus d'une façon qu'elle était libre et entièrement indépendante de mes volontés. Je crois Monsieur par tous les droits de ma naissance, que la tante et la marraine doivent avoir pour le moins autant de privilège. Par conséquent me trouvant dans les circonstances présentement qui m'obligent de me servir de ce qui est à moi, ils auront la bonté de ne pas trouver mauvais que je réclame la justice et la clémence du souverain pour jouir de ce qui est à moi. J'ai des raisons particulières pour en user de la sorte, et ces raisons, Monsieur, malgré la parfaite confiance que j'ai en vous, doivent pour le présent rester dans un parfait silence, ne pouvant pas les confier au papier. Si vous les honorez, Monsieur, de votre amitié, vous leur rendrez un service d'ami, en leur conseillant de prendre le parti de ne me plus croiser dans la très-humble demande que j'ai à faire au souve- rain. Il convient même que je sollicite mes droits. S'ils ne me veulent point faire de bien, qu'ils ne me fassent du moins aucun mal. Je vous assure, Monsieur, que s'ils tiennent cette conduite à mon égard, qu'ils y trou- veront leur compte tôt ou tard. Si Dieu me conserve la vie je compte pouvoir un jour leur donner quelque chose de plus grande importance que le bien du Basset, c'est ce que je puis vous assurer avec vérité. Ne leur faites point voir ma lettre, je vous en prie. Marquez-moi avec bonté ce que vous pouriez apprendre de leurs intentions, sans faire semblant d'avoir de mes nouvelles à personne, je vous en prie. Le papier manquant trop tôt, j'ai l'honneur d'être, avec un respect infini, Monsieur etc.....

— Le même jour, 8 novembre, Mme de Warens écrit à M. Porta, avocat à Cully, de demander aux autorités de Berne de surseoir à leur décision relative au *Basset,* parce que la maladie la retient à Chambéry.

XIX. *Mme de Warens de la Tour à M. Porta,*
avocat à Cully.

Chambéry, ce 8 novembre [1745].

Monsieur,

Je vous prie si tôt ma lettre reçue de vouloir vous donner la peine de faire mes très-humbles représenta- tions au souverain pour obtenir un sursis à l'occasion de mon bien du Basset, les suppliant qu'il ne soit remis à personne à mon préjudice, pendant mon absence, attendu que je suis toujours ici très-malade et hors d'état de voyager et d'ailleurs les temps de guerre mettant des obstacles insurmontables à mes affaires, ce qui m'ôte des moyens d'agir, comme il serait à souhaiter pour mes intérêts, etc.

XX. *L'avocat Samuel Porta à Mlle Payoud.*

Cully, 19 novembre 1745.

Mademoiselle. Mme de Warens me charge d'offrir une requête à L. L. E. E. Comme elle ne m'a point envoyé de procuration dans les formes, que le cas est pressant et que je n'ose cependant prendre cette requête sur mon compte, j'ai cru que le moyen le plus sûr était de prendre la liberté de faire parvenir la lettre à s. excellence monseigneur l'avoyer d'Erlach, de qui la générosité et la grandeur d'âme si reconnues font espérer qu'il voudra bien étendre sa protection sur une personne distinguée et malheureuse. J'ai cru, Mademoiselle, que vous ne refuseriez pas, dans une occasion pareille, la grâce que je vous demande de faire parvenir cette lettre à son Excellence, n'osant l'adresser moi-même.

XXI. *Mlle Payoud à M. Hugonin à La Tour de Pil.*

Berne ce 21 novembre 1745.

Monsieur

Vous ayant salué mille fois come aussi Mme votre chère épouse, je vous dirai par ces peu de lignes, à la hâte, que j'ai reçu les ci-jointes hier par le courrier, come le verrez par une des lettres datées. A quoi son Excellence m'a ordonné de faire en ma réponse à Monsieur Portaz, que son Excellence ne lui donnerait point

d'entrée au Sénat sur la dite lettre, que il fallait avoir une
procure faite dans les formes par où la dite dame fit
voir toutes ses prétentions et rien autre. Ainsi que je lu
répondrai par le courier de Jeudi pⁿ, pour un peu pro-
longer le temps. Vous ferez l'usage que vous jugerez à
propos et selon votre prudence. Vous jugez bien que si
M. M[iol] savait que je vous aie envoyé copie, et l'original il me voudrait mal de mort. Comme vous n'en
devez pas douter, s'il me parvient quelque chose d'autre
qui vous touche, soyez assuré que je me ferai un devoir
et plaisir de vous en faire part. Je vous souhaite... etc.

XXII.   *Mme de Warens à M. Hugonin.*

Chambéry, 9 décembre 1745.

Monsieur mon cher neveu je suis charmée de recevoir
de vos chères nouvelles. Mon silence ne doit pas vous
surprendre, puisque j'ai été à l'article de la mort et quoiqu'un peu moins mal, je suis hors d'état de tout l'hiver
de pouvoir espérer de quiter la chambre. Les chagrains
m'ont absolument gâté la santé.

Si j'avois été en état de supporter un voyage il est
certin que j'orois paru à Berne cest hiver pour faire
moi-même mes représentations au sujet de mon bien du
Basset et autres. Il n'a tenu qu'à vous Monsieur et cher
neveu que nous n'ayons agi de concert dès les comen-
cements, mais une fausse politique et sendoute quelques
conseils de jens qui pence peu juste sur vos véritables
intérêts lon emporté dens v. esprit sur la droiture des
sentiments que je vous fit témoigner par Monsieur de
Bessière et Mons. Portas. Vous n'avez james trouvé
à propos de me faire une réponce positive à cest égard
malgré tout le tens que je vous ai lessé pour vous déter-

miner. Il n'est donc pas surprenant Monsieur et cher
neveu que je me soit déterminée à mon tour à faire mes
très-humbles représentations au souverin pour que mon
droit naturel sur le bien du Basset me fut conservé.
Cette démarche bien loin d'être contraire à vos intérêts
vous est entièrement favorable, puisqu'elle détruit toutes
prétentions de ceux qui vont demander mon bien avec
auci peu de fondements que de justice, puisqu'il est certin, qu'après moi vous êtes le plus proche à ériter ce
domaine dès qu'il plaira à L. L. E. E. ; comme leurs bontés paternelles pour tous leurs sujets tant absents que
présents, donne du tens à chaqu'un de représenter son
droit. C'est sur cette équité du souverin que j'eus lieu
d'établir ma confiance à être entendu en tens et lieu.
Voié donc Monsieur et cher neveu si vous voulé coura-
geusement tenir mes intérêts à l'avenir. En ce cas vous
pouvez comter sur ma fasson de pencer tant à votre
égard qu'à celui de ma chère nièce et à votre aimable
petite famillie que jaime de tout mon cœur. Vous me
blamerié vous-même Monsieur, cy j'étois assé imbessile
pour me désister d'un droit aussi légitime, sen pencer à
m'assurer ma supsistence, j'ay fait cette faute à l'âge de
vingt ans par les persuasion d'un époux que je regardais
comme mon père (1). Vous n'ignoré pas Monsieur que j'en
ay été la duppe. A l'âge ou je suis aujourd'hui je ne
serois plus excusable sy je ne pensois pas à mes besoins.
Mais je veus me les assurer de mon propre bien et sens
devenir à charge à personne de ma patrie s'il met possible. Vous n'ignorés pas Monsieur et cher neveu, que
feu mon cher neveu De la Tour et sa seur mon doner
tous les deux dens leur testament une pension viagère.

(1 M⁽ᵐᵉ⁾ de Warens se rajeunit là de sept ans.

Je n'en ay james parlé ni à vous ni à ma nièce parce
que mon intention nat point été de m'en prévaloir. Inci
Monsieur je vous prie de navoir nulle inquiéltude de
ce côté là quand même mes affaires mobligeroit daler
an pais et que ma santé me permettroit de me mettre en
voiage ; cela ne devroit jamé vous doner le moindre
ombrage, il est sertin que cy Dieu m'en donne la force
que mon intention est d'aler en droiture à Berne pour
représenter mes droits. Le Cénat de Savoie vient de
reconnaître la nullité de la donation que Monsieur de
Warens a trouver le secret de marracher depuis que je
suis en ce pais icy. Mes drois à son égard son toujours
supsistents et sont d'une autre valeur que le bien du
Basset. Il est certain que si vous ne vous obstiné pas à
contrarier mon droit et que vous vous unissiés au contraire avec moy pour me soutenir, cil est de bezoin, dans
mes justes prétentions que vos enfants s'en trouveront
biens un jour ; car je les aime de tout mon cœur, j'espaire mon cher neveu que nous resterons toujours amy
et que vous prendrés en bonne part la franchise avec
laquelle je vous ouvre mon cœur et que vous rendrez
justice à la sinsérité de mon amitiés et à la parfaitte
considération, etc.

XXIII. *S. E. D.* [*Erlach ?*] *à M*ᵐᵉ *de Warens.*

(Décembre 1745).

Madame, J'envoie à Monsʳ Desada qui a la bonté de
s'intéresser pour vous copie des arrêts sur lesquels la
confiscation de vos biens, après votre évasion et changement de religion, a été fondé ; il verra par luy-même
combien de difficultés il y auroit d'engager L. L. E. E. à

revenir de cette confiscation et de s'en relâcher en votre
faveur. Moy-même nonobstant toute ma bonne volonté
à votre égard et toute la déférence que j'ai pour les re-
comandations de Monsr Desada, je serais très-embarassé
à trouver des moyens propres pour vous faire obtenir ce
que vous me demandé parce que cela seroit contraire
aux Loyx. Entre tous ceux qui se sont présentés à mon
esprit, il me semble que le parti le plus convenable et le
plus sûr pour vous seroit de tâcher de s'accomoder avec
Mons. Hugonin, qui ne vous est point nuisible comme
tous les autres aspirant à ce restant de biens confisqués,
puisqu'au contraire, il sollicite autant pour vous que
pour luy et paraît s'intéresser avec empressement à ce
qui vous regarde. Il faudroit donc, Mme, pour profiter de
ses bonnes dispositions m'envoyer au plutôt une cession
en sa faveur en deue forme des prétentions que vous
croyez avoir sur les biens dont jouissoit encore votre
belle-mère, morte le printemps passé, et au moyen de
la dite cession il agiroit seul et obtiendra vraisemblable-
ment sa demande en vertu de la substitution en faveur
de sa femme votre nièce, qui est un droit qu'ils ont,
auquel on a rien à répliquer. Mais par contre j'exsigerai
de lui et l'engagerai à faire un acte en votre faveur par
lequel il vous assure tout le revenu du petit domaine dn
Basset, au cas ou vous reveniés au pays, et même je tâ-
cherai d'obtenir de lui de vous en faire toucher à Chambéry la plus claire partie des revenus, supposé qu'actuellement vous soyez dans une situation à en avoir besoin.
Les bons sentiments dans lesquels on m'a dit qu'il était
à votre égard, me persuade que je pourai l'amener à
l'Acte obligatoire que je vous propose et que je regarde
comme le plus seur expédient pour parvenir à vos fins

et tirer parti du petit domaine actuellement écheu et
dévolu au Souverain (1).

XXIV. *Le capitaine Hugonin à Mme de Warens.*

La Tour de Peilz, 24 décembre 1745.

Madame et chère tante.

Monsieur le Collonel Willardin m'a bien remis la lettre
que vous avez pris la peine de m'écrire et d'insérer dans
la sienne, j'ay été frapé et très mortiffié d'apprendre par
son contenu le grand dérangement de votre santé, qui
vous fait craindre d'être obligée de garder tout l'hiver la
chambre. Dieu veuille que cela ne soit pas de si longue
durée que vous pensez, et qu'au contraire votre santé
se rafermisse au plutot parfaitement, du moins je le
souhaitte très ardemment de même que ma femme qui
vous offre ses très humbles obéissances.

Le même jour que votre chère lettre me fut remise,
il n'y avoit que quelques heures que le courier étoit parti
par lequel j'avois eu l'honeur de vous écrire deux mots
pour vous apprendre l'état des choses et le lendemain je
partis pour revenir ici, nonobstant une violente fluxion
qui me faisoit beaucoup souffrir. Depuis mon retour,
j'ay reçeu la lettre d'un ami qui m'apprend que notre
adversaire Gué continue son séjour dans la capitale de
même que ses informations et ses instances. Ce qu'il
cherche et peut espérer, c'est ce que je ne saurois con-
jecturer, me flattant et m'asseurant que la première
démarche que nous ferons de concert, comme vous me
le proposez, et à quoy j'acquiece très agréablement, suf-

(1) Cette lettre-projet fut communiquée à M. Hugonin.
Elle nous semble être de M. d'Erlach, avoyer de Berne.

fira pour écarter et faire mettre de coté tous autres pré-
tendants. Car je suis persuadé et ma persuasion est
fondée sur les meilleures authorités, que si sans deffe-
rence, égards et attention pour vous, chère tante, ce qui
ne m'arrivera jamais, j'avois pressé sollicité et insté
pour faire valoir les droits de ma femme à rigueur des
loix, ces mêmes loix étant tout en ma faveur, on n'auroit
pu me refuser justice et de cette manière je serois par-
venu tout seul à écarter et à faire éconduire ces gens à
prétentions qu'ils ne peuvent pas même collorer. Mais
la conduite que j'ay tenue étant fondée sur des motfs de
religion, sur les liens étroits du sang, sur des devoirs de
reconnoissance et de tendresse, je n'ay aucun repentir,
et à moins de nouveaux événements j'agirai toujours en
conséquence. Tels étant nos sentiments, vous devez bien
penser chère tante que nous souhaittons avec sincérité
votre retour dans le giron de l'Eglise, dans le culte épuré
de notre sainte Religion, et qu'aucune raison de quelle
espèce que ce puisse être, ne sauroit nous faire varier
sur un sujet aussi sérieux que l'est celuy là, ce qui est
bien éloigné de la crainte que vous nous supposés,
j'ignore sur quel fondement. Touchant ce que vous me
dites que doit avoir fait en votre faveur feu votre nièce,
ma belle sœur, j'auroy l'honneur de vous dire qu'on
vous a mal informé, et si vous ne voulez pas me croire,
j'offre de vous envoyer dans ma première lettre une
copie düement vidimée de son testament dans lequel il
n'y a pas un seul mot qui vous concerne. A l'égard de
feu mon beau frère Gamaliel il n'en est pas de même,
j'ay eu l'honneur de vous dire ce qui en étoit à Aigle, le
matin que je vous y allay joindre. S'il étoit en droit et
pouvoir de faire ce qu'il a fait c'est ce que je ne dois pas
décider et qu'il n'est pas tems d'éplucher ny de discuter.

Dès que par vous même, ma chère Tante, vous aurez pris la peine d'examiner l'état de l'hoirie indivise au tems de sa mort ; les brèches considérables qu'il y avoit faites, la prérogative de sa sœur, ses legs aux hospitaux, enfin toute chose, vous ferez alors la décision que vous jugerez à propos. Aussi les héritières fort lésées firent d'abord en justice des protestes sur tout ce qui leur était défavorable. Mais nous vous prions très instamment d'être persuadée qu'indépendamment de tout cela vous nous trouverez prêts à vous recevoir et secourir avec un vif empressement et à vous rendre tous les bons offices qui pourront dépendre de nous. Quant aux propositions que vous aviez chargé M. Bessiére de nous faire il m'a dit qu'effectivement vous luy aviez parlé vaguement, mais qu'il vous avoit prié de vouloir prendre la peine de monter et nous les faire vous même. M. Portaz m'a dit vos vues et vos desseins, mais point de propositions. Ainsi ayez la bonté et complaisance de vouloir vous expliquer vous même et d'être assurée qu'aucune politique que je ne connais pas seulement ne m'a empêché et ne m'empêchera de vous répondre, moins encore ne me fera agir d'une manière contraire à mes sentiments. Soyez donc persuadée qu'en tout nous concourrons à vous donner des marques du respectueux dévouement avec lequel nous avons l'honneur d'être, — votre très humble et dévoué serviteur. — *Hugonin.*

XXV   *Mme de Warens à M. Hugonin.*

Chambéry, 6 janvier 1746.

Monsieur mon très-cher neveu : J'apprend avec bien de la satisfaction Monsr et cher neveu que vous jouissez de même que Mad^me ma chère nièce d'une bonne santé.

Dieu par sa grâce veuillie vous la conserver longues
années, pour élever vos aimables et chers enfants que
j'embrasse de tout mon cœur, de même que le père et
la mère, en vous souhaitant à tous bonne et heureuse
anée. J'en dit de même à Monsr Debessière que j'estime
infiniment et à qui je rends mille grâces de l'honneur de
son souvenir, en luy offrant mes obeissances. Pour moi
je suis si incommodée de ma douleur sur le foie, que cela
m'empêche de pouvoir sortir de ma chambre depuis trois
mois ; et comme cette douleur s'étend sur toute la moitié
du corps du même côté j'ai peine à tenir la plume pendant un quart d'heure ce qui m'oblige d'abréger beaucoup
mes lettres. Mrs de Berne sont trop justes pour écouter
les lanternes du sieur Gay au préjudice de l'Absent (1).
Son séjour me paraît pas dangereux comme le renvoy du
Souverain n'est point limité ; j'espère, Dieu aidant, avec
le retour de la belle saison, que je serai peut-être en état
de me presenter moi-même à Berne pour que de concert
avec vous nous puissions exposer la généralité de mes
droits au dit souverain. Comme je n'ai jamais été à
même d'être entendue sur ces matières, je crois d'avoir
des raisons très solides à alléguer, et qui ne nuiront ni
à ma nièce ni à vos chers enfants. Il faudroit des feuilles
de papier pour expliquer ce qu'un quart d'heure de conversation peut finir amicalement. Je suis trop malade à
présent pour pouvoir en dire davantage me réservant au
tems où je pourrai avoir le plaisir de vous revoir. Je
vous remercie en général du meilleur de mon cœur des
expressions obligeantes de votre lettre étant trés persuadée que dans les occasions où j'en aurai besoin vous me
prouverez par des effets la bonne volonté que vous me

(1) C'est-à-dire d'elle-même.

faites l'honneur de me témoigner dans votre dernière et chère lettre, qui m'a fait un sensible plaisir, vous priant d'être persuadés qu'à mon tour vous me trouverez aussy dans toutes les occasions très-disposée à vous marquer ma bonne volonté et le tendre attachement que je conserverai toute ma vie pour ma très-chère nièce et pour tout ce qu'elle doit avoir de plus cher qui est son époux et ses chers enfants.

XXVI *Mme de Warens à M. Hugonin.*

Chambéry, 31 Janv. 1746.

Il faut que je vous fasse part d'une assez charmante histoire qui vient d'arriver. Aujourd'hui votre nom a sauvé la vie à un soldat et voici comment. Il y avait dix soldats arrêtés pour qui on allait tenir le conseil de guerre et les condamner à mort. Le hasard m'a appris avant l'assemblée des officiers qu'il y avait un de ces soldats qui se nommait Hugonin. Cela m'a engagé sur le champ à mettre tout en usage par personne tierce et sans sortir de ma chambre où je suis toujours clouée par ma maladie, pour obtenir grâce pour ce soldat, nommé Hugonin, dans l'idée que ce ne pouvait être qu'un de vos parents, puisqu'il assurait être du Pays de Vaud. Enfin sa grâce a été obtenue avec celle de six autres, trois seulement ayant souffert l'exécution pour tous. Après avoir plus approfondi la chose, il se trouve que le dit soldat se nomme Gonin et non pas Hugonin. Cette ressemblance de nom lui a été trop favorable pour que je ne vous fasse pas cette petite relation. Ce jeune homme est de près d'Aubonne et dit appartenir à des familles de Berne par alliance. Vous voyez mon cher neveu par cette aventure, que j'ai encore quelques protections dans ce monde, quoique je n'y paraisse plus depuis bien du temps, Je serai toujours charmée lorsque j'aurai l'occasion d'employer le reste de mon petit crédit à vous être bonne à quelque chose.

XXVII. *Mme de Varens à M. Hugonin.*

Chambéry le 16 février 1746.

C'est peut-être me rendre trop incommode que de vous demander le plaisir de vouloir me procurer deux quintaux de bon fromage de Gruyère, ou de celui que vous tirez de vos propres bestiaux lorsqu'on les met dans vos bonnes montagnes, je vous serai fort obligée si vous pouvez m'expédier cette commission au plutôt, jusqu'à Genève où je les ferai prendre par de fréquentes occasions allant d'ici à Genève... (Elle déclare vouloir en acquitter le montant tout de suite et charge M. Hugonin de commander chez l'herboriste Jaq. Martin, à Villeneuve, 6 livres de gayra et 6 livres de cumin, pour le joindre à l'envoi du fromage...) Permettez que M. de Bessière trouve ici les assurances de ma respectueuse et parfaite estime. Mes profonds respects aussi à M^r le Ministre, encore mille tendres amitiés à ma très-chère nièce votre épouse et à vos très-chers enfants que j'aime comme s'ils étaient à moi.

XXVIII. *Mme de Warens à M. Hugonin.*

Chambéry, 6 mars 1746.

Elle le remercie des 2 quintaux de fromage et le prie de lui acheter du gayra et du cumin : « je vous dirai en confidence que c'est pour finir une composition particulière pour la maladie des bestiaux dont j'ai vendu en France le

secret *vingt mille livres* (!). Si je tarde trop à faire la dite
composition cela me pourrait faire manquer mon marché
ce qui mérite attention. 20,000 livres valent encore la peine
de les prendre. Je vous prie de n'en faire semblant à personne. Il sera assez tôt d'en parler quand je les aurai en
poche. Cela ne gâtera rien à mes affaires. J'espère dans
quelque temps vous faire part d'une affaire qui vous fera
peut-être quelque plaisir. Mais je vous prie d'avance lorsque vous recevrez de mes lettres de vous contenter entre
vous et votre chère femme d'en faire lecture en particulier sans en faire part à personne »... etc.

XXIX.   *M. de Tavel à M. Hugonin* (1).

Berne 17 mars 1746.

Vous ayant toujours connu Monsieur, bon parent, et
ami, en même temps de Mᵐᵉ de Vuarens, je vous dirai
en confidence que j'ai vu ces jours passés une lettre
d'elle, écrite de Chambéry, dans laquelle elle dépeint sa
situation qui est des plus tristes, au point qu'elle manque
du nécessaire. Je vous avoue qu'elle me fait pitié et si
la personne à qui elle s'est adressée pour faire connaître
sa misère était plus opulente je lui aurais remis quelque petit secours pour le lui faire toucher. Mais crainte
que cela ne fût pas bien sûr, je m'adresse à vous pour
cet effet. Faites-moi donc le plaisir de lui faire remettre
par quelque voie sûre cinquante francs de notre monnaie,
soit quatre louis vieux. C'est une bagatelle, j'en suis
honteux, mais je ne puis faire mieux. Comme il paraît
qu'elle a des dettes dans ce pays là, prenez vos précautions pour les lui faire toucher secrètement, que quelques

(1) Publiée par M. A. de Montet, *Doc. inédits*, p. 77.

créanciers n'y mettent la main dessus. Elle donne l'adresse d'un Quervin, si je ne me trompe, établi à Genève, qui doit être son fillieul. Enfin je me repose sur votre prudence et surtout sur votre discrétion. Dès qu'elle vous aura marqué avoir touché ce petit secours prenez la peine de m'en donner avis, et d'abord je mettrai ordre de vous restituer dite somme avec remercîments, etc.

Le colonel de Tavel.

XXX. *Mme de Warens à M. Hugonin.*

Chambéry 1er mai 1746.

Elle lui annonce la visite d'une personne chargée de l'amener auprès d'elle à Chambéry. Elle insiste pour qu'il se rende à cette invitation avec cette personne, qui aura pour lui toutes les attentions possibles, « et à qui j'ai donné ordre de payer les frais de route. J'espère mon cher neveu que vous ne me refuserez pas cette grâce, attendu que vos intérêts et ceux de vos chers enfants le demandent encore plus que les miens propres comme vous pourrez juger par vous même lorsque je vous aurai expliqué ce que je ne puis faire que de bouche... Je vois par votre lettre et par la marque d'amitié que je viens de recevoir que vous agissez l'un et l'autre cordialement à mon égard ; c'est ce qui m'a déterminée entièrement à vous ouvrir mon cœur ». Elle accuse réception de 4 pièces de fromage et d'un quadruple envoyé par M. de Quervin (ou *Quervain ; —* les 50 francs de M. de Tavel).

M. Hugonin n'alla pas à Chambéry, et Mme de Warens lui écrivit, le 12 mai (1), de s'aboucher avec M. de

---

(1) *Documents inédits sur Mme de Warens,* p. 106-108.

Rovéréa. « ...Ayez la bonté de remettre l'incluse aux Messieurs qui passeront chez vous. »

Ces *Messieurs* étaient le châtelain de Quartéry et M. de Rovéréa, cousin de M. Hugonin. Ils s'arrétèrent chez lui, à La Tour de Peilz, et il apprit d'eux le projet d'achat des minières de Chamonix.

Madame de Warens quitta alors Chambéry pour se rendre dans le Valais. Elle s'arrêta à Saint-Maurice, chez le capitaine de Quartéry où M. Hugonin vint la voir. Elle ne réussit pas à le convaincre de la bonté de l'entreprise à laquelle elle voulait l'associer, et, à l'aide de quelques faux-fuyants, il put échapper à la duplicité gracieuse de sa tante.

Mᵐᵉ de Warens comprit à demi mot, et la correspondance cessa quelques mois.

XXXI. *Mᵐᵉ de Warens à M. Hugonin.*

[Chambéry] 5 janvier 1747.

Elle s'excuse du retard de sa réponse sur les maux qu'elle a soufferts et sur les occupations accablantes qu'elle a eues cette année et qui l'ont obligée de suspendre toutes ses correpondances : « Vous avez grand'raison de dire, mon cher neveu, qu'il faut se voir et se parler pour s'entendre. Ainsi je passe sous silence tout ce que j'aurais à vous communiquer jusqu'à ce que j'aie la satisfaction de vous revoir. Comme j'ai toujours agi coulamment dans les affaires, nous n'aurons jamais ensemble de difficultés. » Souhaits sincères pour la nouvelle année.

XXXII. *Mme de Warens à M. Hugonin.*

[Chambéry] 8 février 1747.

M. et cher neveu. J'aurais reçu votre chère lettre avec une véritable satisfaction si je ne voyais par son contenu que plusieurs des lettres que vous avez pris la peine de m'écrire ne me sont point parvenues. Je puis vous assurer parole d'honneur que je ne suis restée en retard de vous répondre qu'à une seule lettre et c'est à cette même à quoi j'ai répondu au commencement de cette année. J'ai la douleur de voir depuis longtemps que je perds souvent des lettres à la poste ; c'est un mal auquel je ne puis porter d'autres remèdes du moins quant à présent que la patience. Dans la suite, les affaires prendront une force plus gracieuse. Pour ce qui concerne l'article que je vous ai marqué dans la précédente à l'égard de vos enfants vous pouvez compter là-dessus. Ne dites rien à personne je vous prie, parce que ceux sur qui vous comptez le plus sont peut-être ceux qui auraient intérêt dans la suite à nous désunir. La prudence et le silence surmontent les plus grands obstacles et la patience vient à bout de toutes choses. Cet été prochain je vous expliquerai la nature de mes affaires et vous verrez que tout ce que j'ai fait pour mener les choses au point qui convenait[est] pour l'avantage et la tranquillité de tous. Dieu veuille vous conserver vous et ma chère nièce pour avoir le temps de bien élever vos chers petits enfants. Je vous plains de tout mon cœur d'avoir perdu le cher M^r De Bessière, cet honnête homme méritait de vivre plus longtemps. Je regardais sa présence dans votre maison comme un soutien pour vous-même à l'égard de l'éducation de vos chers enfants. Les belles

manières, le tour d'esprit aisé et le bon caractère de cet
honnête homme étaient un exemple pour ces petits enfants
qui les instruisait même en badinant, au lieu que la
pédanterie et l'orgueil de certaines gens qui croyent
beaucoup savoir sont plus à gâter un bon naturel qu'à
le cultiver. Je vous prie, mon cher neveu, de ne pas
manquer de vous faire rendre par la mère et la sœur de
défunt Jacques Martin le louis myrliton (1) que vous avez
eu la bonté de lui avancer à ma considération. C'est un
drôle qui me l'a attrapé. Je n'ai eu aucune de ses nouvelles ni reçu de lui aucune marchandise, quoiqu'il m'ait
promis conjointement avec sa mère de me faire la même
fourniture qu'ils m'apportèrent il y a deux années. J'ai
payé ici pour leur compte cinq livres et dix sols du Piémont qu'ils devaient à leur cabaret, dont ils seraient
sortis en chemise sans moi, car le cabaretier leur aurait
ôté l'habit de dessus le corps, si je n'avais pas payé ; etc.

XXXIII. *Mme de Warens à M. Hugonin, à Berne.*

Chambéry, 12 mars 1747.

J'étais si incommodée d'un gros rhume et de fluxion
de poitrine avec fièvre, à la réception de votre chère
lettre, qu'il m'a été impossible de mettre plus tôt la main
à la plume. Je puis vous assurer mon très-cher neveu,
que mon intention a toujours été de laisser après ma
vie le petit domaine en question à vos chers enfants, et
même dès aujourd'hui, si mes facultés avaient pu me permettre de me passer, pendant ma vie, de ce petit revenu.
Comme Mr de Rovéréa est un de vos proches parents,
et d'ailleurs de vos amis à ce que je crois, vous pouvez

(1) Louis d'or.

le charger, lorsqu'il viendra ici à ce mois de Mai prochain de tout ce que vous souhaitez que je fasse pour vous rendre content et tranquille à cet égard. Dressez vous-même les conditions et je les signerai. J'accepte les 200 livres que vous m'offrez pour la cense annuelle de mon bien, moyennant que vous me fassiez une déclaration pure et simple, qui ne porte avec soi aucune ambiguïté illusoire, comme quoi vous confessez me devoir 200 francs annuellement argent courant à Genève, et que vous les payerez chaque année régulièrement à moi ou à mon ordre, pendant que je vivrai et en quel pays que je puisse habiter. Si ma mauvaise destinée me rend cette petite somme nécessaire, je l'exigerai de vous tant que je vivrai, régulièrement. Mais si mes affaires prennent un meilleur train, je vous assure que je ne vous ressouviendrai pas de cette bagatelle. Il sera à souhaiter pour vos chers enfants que la fortune veuille pour quelque temps seconder mes bonnes intentions à leur égard. J'ai pris la liberté d'adresser la présente à Madame la Colonelle De Willarding, pour quelle vous parvienne plus sûrement pendant votre séjour à Berne et je l'ai priée de vouloir protéger vos intérêts dans la capitale..., etc.

XXXIV. *Mme de Warens à M. Hugonin* (1).

Chambéry, ce 20 juillet 1747.

Monsieur,

Si j'ai tant tardé de répondre à la dernière que vous me faites le plaisir de m'écrire, c'est que je me proposais en même temps de vous faire part des arrangements que

(1) Cette lettre a été publiée par M. A. de Montet dans *Documents inédits*, p. 109 et suivantes.

je veux prendre au sujet de ma portion de société, que je me trouve avoir avec Messieurs De Quartéry et De Rovéréa, dans l'acensement des minerais du Chapitre de Sallenches, en Chamonix, province du Faucigny. Vous vous rappellerez sans doute que j'avais proposé d'abord d'avoir une portion d'intérêt dans cette affaire de compte à demi avec vous. Comme cette société de vous à moi n'a pas eu lieu parce qu'on me dit que vous ne vous en souciez pas, je pris la portion entière pour mon compte, dans l'intention que si Dieu bénissait cette entreprise, je rendrais en tout ou en partie cette portion reversible à vos enfants, comme étant mes héritiers naturels. Lorsque je pris cette portion avec ces Messieurs je ne leur deguisai en rien la situation de mes affaires. Je leur dis naturellement, qu'ayant essuyé plusieurs contretemps dès le commencem^{nt} de la guerre, je me trouvais sans un sol, mais que dans la suite je me proposais de prendre certains engagements qui me mettraient à même, à ce que j'espérais, de pouvoir être de la partie, pourvu qu'ils fissent passer leur quote-part la première ; que je ne leur demandais d'autres marques de leur reconnaissance, pour leur avoir procuré les plus riches minerais, qui soient dans toute la Savoie, que de me donner du temps et qu'ils prélèveraient sur les premiers profits ce que je n'aurais pu faire. Ces Messieurs promirent tout et en conséquence je fis tous mes efforts pour donner de l'activité et de l'émulation à leur entreprise. En quoi j'avais si bien réussi que, s'ils n'avaient pas fait finir eux-mêmes les travaux, nous verrions à présent des profits et tout prospérerait. La crainte qu'ils ont eue que les trois associés qui sont de ce côté (1), et

(1) Mrs Borel, Dutremont et elle, associés de Savoie.

dont je suis du nombre, puissent tirer quelque avantage avec l'avance de leur argent, dont on leur aurait bien payé l'intérêt, les a engagés, ce qui paraît incroyable, à détruire leur propre ouvrage. Après quoi ils se plaignent qu'ils ne gagnent pas sur l'entreprise. Il est impossible de gagner sans travailler. Cependant on a été bien aise de se servir de notre industrie et de nos lumières pour commencer, mais on les compte pour rien aujourd'hui qu'on n'a plus besoin de nous. Je vois bien que ces Messieurs veulent pour eux le morceau tout entier et je vous assure, mon cher neveu, que je leur aurais déjà passé une cession dans les règles de tout ce que je peux y prétendre, si ce n'était la connaissance que j'ai de la bonté et de la richesse de ces minerais. Ce qui m'a engagée de chercher des fonds pour conserver cette portion en faveur de vos enfants ; étant le bien le plus solide et le plus gracieux dès que l'établissement sera achevé, ce qui est l'affaire d'une année de temps dès qu'on voudra tous s'entendre et vivre de bonne union. Ce qui ne manquera pas de mon côté, ayant préféré de prendre un silence obstiné plutôt que de répondre aux invectives mal placées que ces Messieurs écrivent sur mon compte. Pour parvenir à avoir de l'argent, je suis allée jusqu'à Lyon où j'ai pris des engagements pour tirer quatre mille huit cents francs qu'il faut que je fournisse pour ma part (1). Je n'ai cependant pu obtenir de m'assurer cette somme que pour la fin de cette année, ce qui va achever de mettre ces Messieurs de mauvaise humeur, mais à l'impossible nul n'est tenu. Je vois bien que la crainte qu'ils ont de perdre avec moi leurs avances les empêche d'avancer ; ce n'est pas le manque d'argent,

(1) Elle les emprunta de M. Perrichon.

c'est le manque de bonne volonté. Faites-moi le plaisir amicalement de me marquer tous les raisonnements biscornus qu'on fait à ce sujet chez eux. Je suis charmée de connaître à fond toute leur mauvaise volonté à mon égard. Je me réglerai là-dessus. En me perdant ils perdront le meilleur de leurs amis. Le temps ne le leur fera que trop connaître ; mais il ne sera plus temps. Marquez-moi aussi si vous ne serez pas fâché que je conserve, s'il m'est possible, la portion que j'ai avec eux pour vos aimables petits enfants. Dieu vous les conserve et le père et la mère pour les bien élever.

J'avais engagé M. Dutremont à mener avec lui un des plus habiles hommes de l'Europe pour la connaissance des minerais, qui aurait donné bien de la satisfaction à ces Messieurs lorsqu'ils l'auraient vu en Chamonix. Comme il est encore un peu malade d'une chute cela retardera le voyage de ces deux Messieurs jusqu'à ce qu'il soit en état de se mettre en chemin ; l'on compte que ce pourra être à la fin de ce mois. Comme je ne compte pas être du voyage, je chargerai M. Dutremont de parler pour moi et me savoir redire le résultat de leur conférence. Suivant sa relation et la vôtre je me déterminerai pour l'avenir. Je souhaite pour l'avantage de vos chers enfants que tout se termine de bonne amitié. Si ces Messieurs continuent à prendre le travers sur mon compte, ils se feront plus de mal à eux-mêmes qu'ils ne m'en peuvent faire. Par bonheur pour moi, je ne suis ni n'ai jamais été dans la classe des paysans de Bex (1) à qui M. de Rovéréa peut faire sentir tout le poids de sa suffisance. Je crois qu'il aurait été honorable pour lui de me soutenir et non de chercher

(1) Bourg du pays de Vaud.

à me détruire, parce qu'il n'en viendra pas à bout, et qu'il aurait pu s'épargner la peine, en écrivant à M. Dutremont, de s'exprimer en ces termes :

« Monsieur, Je ne sais point au reste ce que Mme la baronne de Warens a pu vous écrire qui ait dû vous faire de la peine. Si je lui ait fait des plaintes, elle en devait prendre sa part, elle qui d'entrée s'empara de vingt louis du premier argent remis au sieur Borel (1) qui sans doute avait ses raisons pour les lui donner quoique ce fût un argent sacré qui n'était rien moins destiné qu'à payer ses dettes. »

Voilà un style qui en vérité ne saurait qu'exciter ma compassion après la façon dont je parlai à M. De Rovéréaz et M. De Quartéry pendant leur séjour à Chambéry. S'ils avaient eu autant de sentiment que de simples paysans ils m'auraient offert en même temps leur bourse. Ils remportèrent tout leur argent chez eux sans me faire la moindre offre de service. Je me fis laisser vingt louis de leur argent par le sieur Borel, et pour n'en avoir de l'obligation qu'à eux-mêmes, j'en donnais avis à St-Maurice par le premier ordinaire. Comme on ne m'a répondu rien à ce sujet et qu'on en fit de grands reproches à M. Borel, c'est à lui que j'ai rendu l'argent, puisque c'est lui qui me l'avait prêté. Je ne leur en aurai nulle obligation.

« Il se plaint que le dit Borel leur doit sept à huit cents livres. Si l'on compte régulièrement c'est eux qui lui doivent et non lui à eux, par les services qu'il a rendus dans l'établissement, dont il est récompensé par toutes sortes d'injures. Ce n'est pas le moyen de donner du courage et d'inviter à bien faire ceux qui auront l'honneur de les servir. Je suis bien aise que vous sachiez

(1) Le chef mineur et actionnaire.

6

de quoi il tourne pour que dans l'occasion vous puissiez leur répondre. Je vous avoue que je suis blessée au dernier point. Je vous prie de me marquer votre sentiment. Suivant votre détermination je ferai voir à ces Messieurs que je puis me passer d'eux. Je ne sais pas si dans la suite ils pourront aussi bien se passer de moi. Je souhaite de me tromper et j'ose avancer hardiment que je crois leurs lumières trop bornées en ce genre pour faire tout ce qu'ils s'imaginent, sans le secours de personne. Il y a vingt cinq années et plus que l'étude des minerais commence à m'être un peu connue. Je me flatte qu'ils auraient dû me conserver pour leur avantage, quant même je n'aurais pas eu le sol. Si j'avais été chargée de faire la preuve de leurs minerais à la place de M. Quénec, j'ose espérer que j'aurais su les tirer de l'incertitude où ils disent qu'ils sont encore à ce sujet. Je puis vous assurer qu'ils ont en mains d'excellentes choses, dont il paraît qu'ils ne veulent faire aucun usage que lorsqu'ils seront seuls... »

Mme de Warens venait de fermer cette lettre, lorsqu'elle reçut de M. de Rovéréa les lignes suivantes :

« Bex, ce 14 juillet 1747.

« Madame,

« C'est pour avoir l'honneur de vous réitérer ce que M. Dutremont a été chargé de vous aviser, que nous partirons d'ici pour nos mines de Chamonix le 17 de ce mois, au lieu duquel nous avons fixé mercredi de la semaine prochaine, 19me. Nous vous prions, MM. de Quartéry et moi de le faire savoir à nos associés de France et de Savoie (1), souhaitant que tous puissent

(1) Les associés paraissent avoir été, à cette époque, au

s'y rencontrer. Nous nous flattons en même temps que vous n'attendrez pas, ni MM. du Tremont et Borel, que le procureur auquel nous avons donné charge de vous poursuivre pour vous obliger à fournir vos contingents, exécute sa commission. Nous espérons aussi que le dit Borel restituera ce qu'il nous a pris et que, par ces moyens, nous ne perdrons pas toute une campagne, dont une partie est déjà passée, par ce défaut. »

Comme sa lettre n'était pas encore expédiée, Mme de Warens put encore y ajouter, le 21 juillet, le post-scriptum suivant :

Vous voyez, mon cher neveu, ce que j'ai lieu d'espérer de la reconnaissance de M. de Rovéréa pour lui avoir mis en main une fortune assurée. Il a eu la cruauté de faire cesser tous les travaux à la fin de l'année dernière, de sa propre autorité, et a défendu à son facteur allemand de reconnaître en rien nos ordres. Après quoi, il se plaint que les travaux ne se font pas. S'il avait voulu laisser les choses sur le pied où nous les avions établies, nous aurions aujourd'hui dix mille écus de bénéfice. Réponse prompte, je vous prie, et, si vous êtes sage, vous marquerez à M. de Rovéréa votre juste indignation de ses procédés à mon égard. Je vois bien qu'il veut absolument une caution pour le montant de ma portion, qui est de 4,800 livres : si vous voulez l'être, vous ne risquerez que de gagner et je vous passerai de suite une reconnaissance de compte à demi pour vous et vos enfants, et la dite somme se prélèvera sur les

nombre de huit. Mme de Warens, le châtelain et son frère le capitaine de Quartéry, M. de Rovéréa, M. de Rivaz, M. Dutremont, Borel, chef mineur intéressé, et peut-être M Perrichon (Note de M. A. de Montet).

premiers profits, car je ne veux pas qu'il vous en coûte rien et je vous chargerai de ma procuration si cela vous fait plaisir, pour la régie de la portion entière. C'est la meilleure affaire que vous puissiez entreprendre, que je ne remettrai jamais à d'autres de compte à demi qu'à votre refus. Cette affaire est des plus précieuses, je vous donnerai des instructions particulières à ce sujet qui vous rendront utile à la Compagnie. S'ils me mettent dehors injustement je garderai le silence. Adieu mon cher neveu. »

XXXV.   *Mme de Warens à M. Hugonin.*

[Chambéry, du 1 au 12 septembre 1747.]

Monsieur et cher neveu,

Je viens d'arriver d'un voyage indispensable (1). La maladie m'a tellement accablée dans la route que j'ai cru ne pouvoir arriver chez moi sans mourir. J'ai trouvé votre chère lettre qui m'aurait remplie de consolation par le plaisir de recevoir de vos chères nouvelles, si je n'avais eu la douleur de remarquer, que vous vous êtes laissé persuader à ce qu'on vous a dit sur mon compte. Dieu m'est témoin que je n'ai eu de pareille idée et qu'au contraire j'ai été portée d'un zèle sincère pour tout ce qui peut intéresser la satisfaction de ces Messieurs à qui je désire avec empressement la meilleure fortune dans leur entreprise. C'est un pur mésentendu qui est cause que leur ouvrage ne va point. Si je leur ai écrit en faveur du sieur Borel c'est que je sentais que cet homme leur était nécessaire et qu'ils auraient dû conser-

(1) Un voyage à Saint-Jean-de-Maurienne, afin de s'entendre avec M. de la Fournache pour acheter les mines et hauts fourneaux du marquis de la Roche.

ver et Borel et Pomier le fondeur. La perte de ces deux hommes a fait périr leur entreprise ; j'en suis au désespoir. Si ces Messieurs veulent se défaire de cet établissement, s'ils me donnent une commission par écrit de leur chercher quelqu'un pour les remplacer je le ferai sans aucun intérêt que le plaisir de les servir. En tous cas ils ne risquent rien de me donner cette commission par écrit ; si je réussis, et m'en ferai sûrement un devoir, il ne leur en coûtera rien, et si je ne réussis pas ils ne peuvent jamais rien risquer en me donnant cette commission. S'ils avaient eu la moindre confiance en moi lorsque je leur ai fait des propositions raisonables ils auraient accepté au lieu de me rebuter, comme ils ont fait. Enfin Dieu soit béni de tout. Vous pouvez en assurance leur promettre de ma part que pourvu qu'on m'envoie incessamment une permission par écrit signée de leur part, de leur chercher d'honnêtes gens pour mettre à leur lieu et place et les relever de tous leurs engagements, que je le ferais. Et si je réussis ils me donneront pour ma peine ce qu'il leur plaira, si je ne puis ils ne paieront pas un sol ; mais s'il fallait faire le rabais de la valeur des épingles qu'ils ont données au Chapitre je passerais outre ; si on demande un plus gros rabais j'en donnerai avis aussitôt avant que de rien promettre.

Je vous dirai mon cher neveu entre vous et moi que c'est le meilleur parti que ces Messieurs puissent prendre attendu que je ne leur vois aucune disposition ni aux uns ni aux autres pour soutenir et faire aller comme il faut cette entreprise qui demande de grands soins, beaucoup d'intelligence et la présence au moins d'un des associés qui ait les lumières et les connaissances nécessaires pour mettre tout cela en valeur. Accordez-moi mon cher neveu une réponse prompte, etc.

XXXVI. *Mme de Warens à M. Hugonin.*

Chambéry le 23 décembre 1747.

Monsieur et très-cher neveu, agréez je vous prie, de même que ma chère nièce votre épouse, que je vous souhaite une bonne et heureuse année accompagnée d'une longue suite de prospérités et que vous ayez la douce consolation, l'un et l'autre, de voir croître et bien élever votre aimable famille que j'aime de tout mon cœur. Je vous serai bien obligée si vous vouliez vous donner la peine de me marquer les dispositions de M^rs De Rovéréaz et Dequartéry au sujet de notre entreprise des mines de Chamonix. Je me propose de les voir à Genève dans le courant du mois de Mai prochain. J'espère que nos disputes finiront dès qu'il y aura de l'argent comptant sur jeu ; j'ai éprouvé la force du proverbe : *point d'argent, point de Suisses.* Ce n'est pas de ma nation que je dois attendre des grâces. Ne leur témoignez rien de ce que je vous écris s'il vous plaît. Servez-moi d'ami seulement en leur faisant connaître qu'il est de leur intérêt, comme il est vrai, que nous vivions tous en bonne paix. Cela leur fera toujours plus d'honneur qu'un procès au sénat. Vous m'obligeriez infiniment de me donner de vos chères nouvelles et de celles de ma chère niéce que j'embrasse cordialement.

Malgré l'insuccès complet de son entreprise industrielle à Chamonix, Madame de Warens venait d'attaquer une affaire plus importante encore. Elle l'avait conclue sans en dire un mot à M. Hugonin, qu'elle aurait certainement bien étonné si au moment même où elle criait famine

en Suisse, il l'avait vue se lancer dans une nouvelle entreprise exigeant des fonds bien plus
considérables encore, l'achat des mines du marquis Graneri.

Afin de ne pas trop interrompre l'ordre chrono-
logique de la correspondance, nous insérons ici
les lettres qu'elle adresse à M. Milleret, l'agent
en Savoie du marquis de la Roche, après la con-
clusion du contrat qu'on a lu ci-devant :

XXXVII. *M. Dupasquier*
à M. le commissaire Milleret, chez luy.

Annecy le 28 décembre 1747.

Monsieur, Je prend la liberté de vous ecrire ce billet
pour vous prier de maccorder une grace qui est d avoir
la bonté de me preter trois écus neuf ou la valeur jusqu au milieu du mois prochaint que jauray l honneur de
vous les rendres avec remerciement, accorde moy ce
servise je vous prie et le present vous servira de receu.
Vous pouvé les remettre a la porteuse, en atendant jay
l honneur d'estre avec une parfaite consideration —
Monsieur, votre tres humble obeissant serviteur J. Du
Pasquier Cap^ne. — Cachet de cire rouge; couronne com-
tale.

M. Dupasquier obtint le prêt qu'il sollicitait, et, le 28
janvier suivant, il demanda encore deux écus à M. Milleret en le priant de les remettre « à son épouse ».

XXXVIII. *Mᵐᵉ de Warens à M. Milleret, à Annecy.*

Aux Charmettes, ce 6 février 1748.

Monsieur. Si j'ai souhaité une conférence prompte ce n'est pas dans la crainte de me livrer au papier ; avec une personne de votre probité on ne court jamais de risque de coucher ses sentiments par écrit, surtout lorsque les intentions sont pures et droites telles que les miennes. Mais il faudrait faire des volumes pour vous mettre au fait de ce que nous aurions terminé dans une journée passée ensemble.

Voici, monsieur, une ébauche de plusieurs sujets qui m'ont fait désirer de m'entretenir avec vous. Tous ces sujets ou motifs prennent leur naissance dans le parfait dévouement que j'ai pour monsieur le Marquis *(Graneri)* et ceux avec qui j'aurai à faire de sa part. Pour que je puisse me conduire en règle il faut en premier lieu que vous ayez la bonté de m'envoyer incessament un double du contrat particulier que nous avons passé ensemble à Chambéry. Je l'ai signé sans avoir [eu], comme vous le savez, le temps d'en faire l'examen et pour connaître bien la nature de nos engagements les circonstances nous en ôtant la liberté afin que le secret pût être observé, ce qui nous a très bien réussi. Vous sentez bien, monsieur, que les engagements que j'ai pris envers monsieur le Marquis ou ses nommables (1) ne me permettent plus de traiter de compte à demi avec une personne qui me feroit l'avance de ma portion entière.

(1) Les personnes que le marquis Graneri voudrait se substituer dans son droit de rachat perpétuel de la moitié de la part de Mᵐᵉ de Warens dans les mines vendues (*Mᵐᵉ de Warens et J.-J. Rousseau*, p. 242).

Comme il ne me reste plus de ma portion qu'une moitié de libre il faut que je prenne d'autres arrangements, d'autant plus que voyant aujourd'hui les idées de Monsieur le Marquis, je veux faire en sorte, Dieu aidant, si on correspond à mes bonnes intentions, de conserver libre ce tiers de l'acquisition. Pour y réussir c'est dès à présent qu'il faut que je prenne des arrangements en conséquence dans le plan qui s'établit avec ceux qui se présentent pour faire les fonds pour les travaux. Mais comme je dois toujours avoir pour objet principal la conservation des droits et titres de monsieur le Marquis, il faut donc indispensablement, Monsieur, que nous conférions ensemble ; d'ailleurs, Monsieur, je veux vous faire part en général des découvertes que j'ai faites qui méritent en vérité beaucoup d'attention malgré toutes les mauvaises langues qui cherchent à détruire cette entreprise. Je puis cependant vous assurer avec vérité que la chose est des plus solides, et j'ose avancer que si j'ai la conduite de cette entreprise l'établissement rendra, Dieu aidant, au moins chaque année vingt mille livres de bénéfice, tous frais faits.

Je demande pour former l'établissement en faveur d'une Compagnie de 24 actions, soit portions, la somme de deux cent et vingt mille livres : parce que pour l'ordinaire la diversité des sentiments qui sont (est) inséparables d'une compagnie nombreuse, occasionne toujours des frais inutiles, ce qui oblige nécessairement l'affaire être peu de chose avec beaucoup d'argent. C'est par l'expérience que j'ai acquise là-dessus que je ferois bien plus de cas d'un seul honnête homme qui nous confieroit seulement dix mille écus tout en une fois, pour former l'établissement que deux cent et vingt mille qui seroient mises en régie en forme de compagnie en règle. Je me propose de donner à celui qui fera nos fonds un quart du bénéfice qui se trouvera dans nos fabriques et de contracter pour 30 ou 40 années.

Pour vous écrire, Monsieur, sur des matières qui, je crois, vous sont en partie étrangères, il me faudroit des volumes, une conférence vous mettra au fait de tout et nous pourrons ensuite entretenir notre commerce de lettres avec bien plus de satisfaction.

J'ai l'honneur de vous observer, Monsieur, au sujet du sieur Mathieu (1), que j'ai toujours pensé bien différemment de tous ceux de Lyon et de St Jean, etc. *(sic)*. Je n'ai jamais compté solidement sur toutes les promesses du dit sieur (?) parce que j'ai observé depuis longtemps la fourberie du sujet. Je vous avouerai ingénument que je crois cependant être la seule désintéressée dans ces travaux qui sont en état de démontrer clairement et par principe que son entreprise n'est point une chimère et qu'il est inévitable qu'elle aura avec le temps une fin heureuse, puisqu'il est dans la véritable position où il doit être pour trouver un bon filon. Il en a même déjà trouvé un, chemin faisant, qui est de bonne qualité. J'ai eu un morceau de cette mine à l'insu du sieur Mathieu ; je sais qu'il a passé la chambre de ce filon de plusieurs toises et il a eu la malice de remplir cette chambre de terre afin que personne n'en profitât, crainte que cela ne lui procurât de trop fréquentes visites qui ne lui conviendroient pas pour l'exécution de ses projets. Si nous étions dans un temps de paix ce serait l'affaire de peu de temps pour voir au clair de quoi il s'agit dans ce

(1) Mathieu Cash et son frère Thomas sont indiqués, dans un procès devant le Sénat de Savoie, comme originaires de Lancastre, en Angleterre, fondeurs et raffineurs.

vaste souterrain, mais je crois qu'à présent il faut empê·
cher à notre monsieur Dupasquier de faire le moindre
bruit. Un éclat gâterait tout, mais en conférant ensemble, vous et moi, j'espère, Monsieur, que nous trouverons
un moyen sûr de parvenir à l'entière connaissance de la
vérité sans faire aucun bruit ; la chose est de trop grande
conséquence pour ne pas prendre de justes mesures, car
si une fois le filon qu'on recherche est vuidé, et que le
sieur M.[athieu] ait le temps de faire des magasins des
matières qu'il en tirera, il les vendra infailliblement peu
à peu au dehors ; où pourra-t-on pour lors les réclamer ?
Toutes les précautions qu'il y a à prendre à ce sujet ne
sauroient s'écrire dans une lettre. Je désire aussi avec
empressement de savoir de vous, Monsieur, comme
vous jugez à propos que j'écrive à Monsieur le Marquis
ou à M. Turbilio. Il me convient qu'on soit instruit de
ma conduite qui sera toujours irréprochable devant Dieu.
J'aime mieux le repos de ma conscience que tous les
biens du monde. S'il me restoit le moindre doute que le
peu que j'aurai dans cette entreprise ne fût pas de bon
acquis, j'y renoncerois sur le champ. Comme beaucoup
d'esprits malicieux, mauvais plaisants et ignorants,
s'opposent de toutes leurs forces à la réussite de cette
entreprise et qu'on s'imagine avec raison que le plus
sûr moyen d'en anéantir totalement l'exécution est de
m'ôter totalement mon crédit et même mon pain quotidien, il me convient de prendre de promptes et justes
mesures pour pouvoir contrebalancer la cabale qui s'est
levée de toute part pour tâcher d'empêcher l'exécution
des travaux que je me suis proposés et qui réussiront,
si je suis un peu soutenue, parfaitement bien, avec l'aide
de Dieu, malgré les envieux. Cela va si loin qu'on ne
trouveroit pas un écu dans tout Chambéry pour cette en-

treprise ; ainsi malgré toute ma bonne volonté pour ceux du pays je serai obligée de me prévaloir de ma connoissance de ceux du dehors pour procurer les fonds nécessaires pour ces travaux. M. de la Balme n'est point capable d'y contribuer en rien ; ainsi, Monsieur, tous les soucis sont sur mes épaules. Au reste j'ai trouvé dans ce M^r tant de vanterie et si peu de fond pour ces sortes d'entreprises surtout que j'ai pris le parti de me retrancher beaucoup sur les ouvertures qui me restoient encore à lui faire en faveur de notre établissement. Je suis fâchée de n'avoir pas connu plus tôt le caractère de ce M^r, je vous assure de bonne foi que j'aurois fait tout mon possible pour n'avoir rien à faire avec lui. Comme il ne connoit pas encore bien la nature de l'acquisition, si je pouvois trouver le moyen de l'en dégoûter je procurerais avec plaisir sa part à quelque bon enfant dont le tour d'esprit convînt un peu mieux (1). Enfin, monsieur, vous voyez ma confiance, je n'ai rien de caché pour vous ; faites-moi la grâce de me répondre avec la même franchise en attendant que vos affaires permettent que j'aie la satisfaction de vous voir. Je vous avertis que M. du Pasquier, ni qui que ce soit de ma part, ne sait le contrat que nous avons passé ensemble. Je vous prie de ne lui en rien témoigner. Je lui ai seulement fait la confidence que vous saviez les travaux de matiére de même que lui, afin que par là vous fussiez libre de lui faire des questions à ce sujet, désirant que vous soyez instruit de tout. Au reste je crois devoir vous avertir que ceux sur qui

(1) Ce bon enfant était évidemment M. Milleret lui-même. On remarque que Mme de Warens a pour habitude d'accabler de flatteries les personnes auxquelles elle écrit, et de dénigrer en même temps toutes les autres.

vous comptez pour observer la conduite et les démarches du sieur Mathieu y sont très peu propres par leur imprudence. J'ai observé les sujets pendant mon séjour à Saint-André (1). Si j'avais trouvé les qualités nécessaires à pareille chose j'aurois donné la même commission. Lorsque je vous aurai mis au fait de tout, vous verrez, Monsieur, que ces sortes de remèdes sont pires que le mal. Ce n'est pas la route qu'il nous faudra prendre. Nous règlerons tout cela à notre première entrevue. Si vous voulez bien permettre et approuver la franchise avec laquelle je vous explique mes pensées ce sera pour moi une grande satisfaction, ne désirant rien avec plus d'empressement que de correspondre avec bonne foi à la confiance dont on voudra bien m'honorer.

Je vous prie d'écrire à M. Turbilio et de lui communiquer ma lettre si vous le jugez à propos en lui présentant mes profonds respects. Personne au monde ne le considère ni ne l'estime plus parfaitement que je l'ai fait dès les premiers instants que j'ai eu le bonheur de le voir.

J'oubliois encore de vous dire, Monsieur, qu'il me faut au plus tôt possible des copies vidimées des contrats et titres. Faites faire le tout à M. Decoux (2), je vous prie ; je lui ferai une reconnoissance de ce que je lui devrai à ce sujet en attendant que j'aie de l'argent pour le payer. Ne lui parlez point de notre commerce de lettres, je vous en conjure, car, quoique M. Decouz soit le plus honnête homme du monde, la Balme lui arracherait tôt ou tard le secret par ses artifices. Vous

(1) Commune du canton de Modane, dans la Haute-Maurienne.

(2) Notaire d'Annecy.

avez vu par vos propres yeux que M. la Balme et
Mathieu ne sont pas gens avec qui on puisse agir
avec la franchise qui m'est ordinaire. En attendant de
recevoir de vos chères nouvelles, agréez la sincérité de
l'attachement et de la considération avec laquelle j'ai
l'honneur d'être   Monsieur,   votre très obéissante
servante

La Baronne de Warens de la Tour.

XXXIX.   Ce 10 février 1748.

Je rouvre ma lettre avant la mettre à la poste. Je
comptais vous la faire parvenir par une occasion, Jare,
qui m'a manqué de parole. C'est pour vous donner avis
que ceux que j'ai envoyés à la découverte du sieur Mathieu sont arrivés. J'ai des nouvelles indications qui me
font connaître clairement que cet ouvrage doit finir dans
le courant de ce mois. Il n'y a plus un moment à perdre.
Si nous voulons profiter sans bruit de quelque chose,
il faut nous aboucher s'il vous plaît sans quoi les oiseaux
seront hors du nid pour d'autres que pour nous, avant
que nous ayons pris de justes mesures car il doit y avoir
déjà de la matière *(du minerai)* tirée du temps des
Anciens qui nous passera bien loin du nez si nous n'y
prenons garde.

*(Avec la lettre précédente, et sur un carré de papier
distinct) :*

Si vous voyez le capitaine Dup...[asquier] qui doit
aller à Enecy faire un tour ne lui faites aucune mention
de nos affaires ; c'est un si petit sujet qu'on ne peut rien
lui confier de secret. Je crains fort qu'il ne nous dérange
notre maître de forge, si nous n'y mettons bientôt un bon

remède, ce qui seroit une grande perte pour nous, car c'est un des plus habiles hommes pour l'établissement des forges qu'on puisse trouver à cent lieues à la ronde. Il faut nous parler, Monsieur, et vous verrez que tout ira bien et que nous ferons entre vous, M. Turbilio et moi, en peu de temps, de bonnes et solides affaires dans ce pays ici, malgré tous les envieux, par les justes mesures que j'ai prises et que je vous communiquerai à fond à notre première entrevue.

Marquez-moi en réponse si on a écrit pour me recommander à M. le Pr. (1). Je suis venue m'établir en ville, mais comme je suis fort incommodée d'un gros rhume je garde la chambre et n'ai pu encore faire aucunes visites.

Bonsoir, mon cher monsieur vous savez que j'ai l'honneur d'être toute à vous, etc.

La longue épître de Madame de Warens persuada M. Milleret de lui faire une visite. Il se rendit bientôt à Chambéry, et, le 20 février (1748), eut avec elle un entretien qui ne dut pas être court. Cependant, avant de se mettre au lit, la baronne s'aperçut « qu'elle n'en avait pas dit assez ». Aussitôt, elle lui envoie le billet suivant où elle le conjure de venir la voir le lendemain dès la pointe du jour :

---

(1) Le Premier Président de la Chambre des Comptes de Turin ; probablement Phil.-Dominique Beraudo, comte de Prolormo, à qui succéda, le 4 juin 1749, Ange-François Benso di Pramolo.

XL. *Mme de Warens à M. Milleret,*
notaire Roial, chez madame Labbé, à Chambéry.

Ce 20 février 1748.   Monsieur. — Vous avez
été si pressé dans votre visite que j'ai manqué la moitié
de ce que j'avois à vous dire, qui est cependant très
essentiel pour la prospérité de notre entreprise. Prenez
je vous en prie encore un quart d'heure sur vos affaires
dès la pointe du jour, si vous voulez ; je suis visible à
toute heure pour vous ; ne partez pas, je vous en conjure, que je n'aie l'honneur de vous voir. C'est la grâce
que je vous demande et celle de me croire avec un entier
dévouement et la plus parfaite considération, etc.

XLI. *Mme de Warens à M. Milleret.*

Ce 28 février 1748.

Monsieur,   Je vous donne avis fort à la hâte
que tout ira à merveille pourvu que nous parlions encore
une fois au plus tôt. J'ai reçu réponse sur la mine de
notre souterrain que je vous ai fait voir. J'en trouve le
débit en France à 25 sols la livre, toute crue, sans au-
cuns frais que la tirer et la rendre à Genève. Il faut donc
que nous prenions ensemble de justes mesures pour
obliger le sieur M[athieu] à nous laisser profiter d'un
bien qui a tant coûté de soins, de peines et de dépenses.
J'ai d'ailleurs une mine de fer à mon particulier dont
la découverte et la recherche m'a coûté beaucoup depuis
4 années ; la gueuse qu'on tirera abondamment de cette
mine nous sera très précieuse pour mélanger avec celle
que nous tirerons de nos mines de Moriane qui sont, à
la vérité, bonnes par elles-mêmes mais d'une nature
sèche et cassante qui font qu'elles ne sont pas propres à

toutes sortes d'ouvrages, au lieu que dès qu'elles seront mélangées nous ferons un fer marchand admirable et propre à établir la balène (balèvre ?) en feuille, et par conséquent aussi, quand on voudra, toute sorte d'ouvrage d'emboutissure (1). C'est là un des nœuds secrets qui rendra la réussite de notre entreprise immanquable et que j'ai caché à nos deux morianais, dès que j'ai eu connu à fond leur mauvaise foi. Notre maître de forges est arrivé. Comme je vous ai offert de vous faire les essais des mines que vous avez, profitez du temps où je n'ai pas encore des ouvrages pressants. Je le garderai encore 15 jours ici. Envoyez-moi en ce moment ce que vous en avez, vous pouvez compter sur moi comme sur vous même ; donnez-moi avis par premier courrier du temps précis où vous reviendrez ici, car il est de la dernière conséquence que nous nous parlions. Les marmites dont vous avez vu le modèle seront faites pour vous les envoyer à Pâques ; vous pouvez compter là dessus. N'en parlez à personne s'il vous plaît et n'en faites aucun semblant à notre maître de forges lorsque vous le verrez chez moi car il n'en sait rien. Il faut que je ménage en particulier tous ces différents talents pour ne pas exciter mal à propos et trop tôt une jalousie entre les ouvriers. Ce sont des esprits très délicats à concilier, ce qui demande beaucoup de prudence et de patience. Par ces deux moyens on viendra à bout de les tous rassembler quand il en sera temps et de leur apprécier à chacun leurs occupations particulières suivant leurs différents talents.

(1) Plaques de fer convexes. — Par cette technologie, la baronne cherchait sans doute à convaincre de sa science M. Milleret.

Continuez je vous prie à offrir mes respects à M. Turbilio et faites lui part du plaisir que je ressens de me voir de société avec lui et vous et assurez-le que tout ira bien malgré les railleurs et les envieux. N'oubliez pas qu'il faut me recommander à M. le Premier Président (1). En attendant le plaisir de vous voir j'ai l'honneur d'être avec le dévouement le plus sincère, etc.

La Baronne de Warens de la Tour.

Il faut m'envoyer le contrat d'achat et les titres incessamment, je vous en prie ; il se présente une personne qui offre de l'argent mais veut voir nos titres et notre contrat. Il n'y a rien de plus juste.

XLII.   *Mme de Warens à M. Milleret.*

Ce 18 mars 1748.

Monsieur.   Il est bien triste pour moi après m'être livrée entièrement de si bonne foi d'être privée entièrement de vos chères nouvelles. Tirez-moi de peine sur les motifs de votre silence. J'ai lieu de croire naturellement que vous attendez des réponses de M. Turbilio. Dites-moi les raisons qui vous empêchent de me répondre. Je vous conjure Monsieur de vouloir correspondre à ma sincérité et marquez-moi positivement quand je pourrai avoir l'honneur de vous voir ici, car les affaires pressent beaucoup. En attendant de vos chères nouvelles j'ai l'honneur d'être avec le dévouement le plus sincère et la plus parfaite considération, etc. *la Baronne* etc.

(1) Le P. P^t de la Chambre des comptes de Turin.

XLIII.   *Mme de Warens à M. Milleret.*

Chambéry, ce 21 mars 1748.

Monsieur,   Je suis obligée de vous écrire cette troisieme pour vous prier en grace de me répondre par le premier courrier dans quel temps je pourrai avoir l'honneur de vous voir. Il se présente d'honnêtes gens de dehors pour donner des fonds pour les travaux. Je ne puis faire aucune réponse sans premièrement m'être abouchée encore une fois avec vous. Toutes les écritures deviennent inutiles dans le cas présent et on me demande une prompte détermination. J'attends avec impatience de vos chères nouvelles et j'ai l'honneur d'être avec l'attachement le plus sincère et la plus parfaite considération, etc.

XLIV. *Réponse de M. Milleret à Mme de Warens.*

Annecy, le 22 mars 1748.

Madame,   J'ay receu successivement les trois dernières lettres dont vous m'avez honoré : ne soyez point surprise, Madame, si je n'ai pas d'abord euz l'honneur de répondre à la vôtre. J'attendois [une] reponce que je n'ay pas encore reçue et qui auroit été retardée par les mauvais tems, au sujet des lettres de recommandation que j'ai sollicitées, que vous souhaitez auprès de S. E. (1). Au surplus soyez persuadée, Madame, que je ne mésuseray pas de votre confiance que je me feray toujours gloire de mériter. Soyez tranquille et tenez-vous sûre du secret de ma part sur tous les articles de vos dites lettres. Je feray en sorte de me rendre auprès de

(1) Le Premier Président de la Chambre des comptes.

vous la semaine prochaine ou la suivante pour correspondre à vos désirs et alors je vous porteray le double
du contrat en question. Je prens beaucoup de part à
votre incommodité et souhaite ardemment qu'elle n'aye
point de mauvaises suites, vous assurant, Madame, du
très profond respect avec lequel j'auray toujours l'honneur d'être...

XLV.   *Mme de Warens à M. Milleret.*

Ce 29e juillet 1748.

Je viens d'arriver des fabriques où il a fallu me rendre
fort à la hâte jusques à Saint-Michel (1) pour conférer
avec M^rs nos associés ; le retard de Mrs Avrillon et
Lyonaz ont failli à faire périr notre entreprise dès sa
naissance, ce qui seroit devenu un malheur irréparable
sans la diligence avec laquelle je me suis rendue auprès
d'eux pour les encourager à fournir et soutenir les travaux. Enfin ils m'ont promis de faire travailler avec
toute diligence à l'établisssement des grands fourneaux
pour fondre la mine de fer afin d'établir le plus tôt possible notre fabrique de poterie ; mais ils m'ont dit en
même temps que si Mr Avrillon ne fournissoit pas sa
portion dans le courant du nois d'août où nous allons
entrer que non seulement ils lui feroient des frais *(le
poursuivraient en justice)* mais qu'ils cesseroient les
travaux, jusqu'à ce que son argent fût en caisse (2). Ce
seroit pour nous, M^r, retomber « de Caribde en Silla ».
Continuez je vous prie à encourager M^r l'avocat à se

(1) Saint-Michel, petite ville de l'arrondissement de Saint-
Jean-de-Maurienne, à trois lieues sud de celle-ci.

(2) M. Boitier-Avrillon, avocat à Annecy, qui finit par se
retirer de l'association sans avoir payé sa part.

procurer des fonds. C'est un moyen sûr pour Mr Lyonaz
d'entrer tout de suite en possession de son emploi aux
fabriques. J'ai fait avertir ces deux Mrs Avrillon et Lyonaz de se rendre ici sans différer pour conférer avec
eux, parce que je suis indispensablement obligée de
partir pour Lyon mercredi, ou jeudi au plus tard, pour
aller parler à une personne qui nous procure un associé
qui prendra deux portions. Ainsi je ne puis différer davantage mon voyage sans nous porter préjudice. Ayez
donc la bonté de les encourager à me venir parler ;
donnez-vous la peine de les chercher sitôt la présente
reçue pour savoir leurs intentions, sans faire mention
cependant d'avoir reçu de mes nouvelles et faites-moi
la grâce de me marquer ce que vous jugez qu'ils ont
dessein de faire, car, en vérité, notre confiance à leur
parole nous a retardé dans nos travaux et a mis ces M^{rs}
qui sont en Moriane de si mauvaise humeur que j'ai eu
toutes les peines du monde à les ramener au point de
commencer à travailler. J'attends l'honneur de votre
réponse et j'ai celui d'être, Monsieur, avec le plus sincère
dévouement, etc.

P. S. — Vous ne me donnez aucunes nouvelles de
M. Turbilio et il [est] entièrement perdu pour moi ;
l'honorant et l'estimant autant que je le fais j'en serois
au désespoir. Faites-moi la grâce de lui offrir mes respects en lui faisant part des peines que je souffre pour
venir à bout de cette entreprise que j'espère de finir
avec l'aide du Seigneur, malgré toute la malice des
envieux.

XLVI. *Mme de Warens à M. Milleret.*

Ce dimanche matin 25e aoust 1748 (1).

Monsieur. — Je part dans ce moment pour aler faire
mon voiage de Lyon, joray lhoneur de vous doner avis
du succes de mon voiage que je vay expedier autent
quil me sera possible, Dieu veulie qui puisse reparer le
tord que nous cause le retard de Mr Lavocat (*A crillon*);
jay reseu enfin le papier pour Salonge (2) que jay remis
à Mr Morel mon procureur, on vous adrecerat le tout
vous prient de tenir la main car j espaire quon tirera
cette anee cette saisie.

Je prends la liberté de me recommender toujours a
vos bontés ; je vous prie de faire agreer mes obeissence
a madame votre aimable epouse et de permettre que jay
lavantage de vous assurer de la sinseire et tres parfaitte
consideration avec laquelle jay lhoneur d etre, etc.

XLVII. *Mme de Warens à M. Milleret.*

De Saint-Jean, ce 6e aoust 1748 (M. Milleret a écrit
au dessous : *doit être du 6 7bre, receuë le 9 du dit 7bre*).

Monsieur, — Je ne puis vous écrire que deux mots
pour vous tirer de peine sur le fait de mon voyage de
Lyon que je compte qu'il sera bon pour notre entreprise.
J'arrivai hier au soir et suis venue ici en droiture pour
attendre la personne que M. Perrichon doit envoyer le

(1) Cette lettre étant très courte, nous n'en rectifions pas
l'orthographe.
(2) Challonge en Semine (arrond' actuel de Saint-Julien).
C'est là que se trouvaient les terres sur lesquelles était assurée la pension viagère de 150 livres que Mgr de Bernex avait
léguée à Mme de Warens.

15 du courant pour voir de quoi il s'agit et mettre en caisse chez M. Grossy l'argent de deux portions, comme c'est pour un de ses amis qu'il agit à ce qu'il m'a dit, il ne veut pas qu'on le nomme quant à présent n'agissant que par commission. Peu nous importe pourvu que l'argent vienne.

J'ai appris ici que nos travaux continuaient sur le même pied où je les avois établis dans mon précédent voyage de juillet proche passé et que le prix-fait de la maison qui est à la tête du grand filon de fer finira cette semaine, que les Allemands que j'ai fournis travaillent à force avec deux autres qu'ils ont pris ici, à tirer de la mine de fer du grand filon et qu'ils promettent en faire suffisamment aux fabriques pendant tout cet hiver pour faire une coulée l'année prochaine.

J'ai enfin expédié David de chez M. Perrichon ; il lui a remis 33 livres pour aller s'acquitter de notre commission, au moyen de quoi le travail de notre grand fourneau ne tardera pas, ce qui me console beaucoup.

Je vais pendant mon séjour ici faire couper les bois pour les deux grands soufflets du fourneau de fer et pour ceux qu'on aura de besoin d'ailleurs, parce que si on manque ce mois et le suivant de couper les bois nécessaires cela porte préjudice d'une année aux travaux des fabriques. Voyez Monsieur, combien il est important de penser à tout dans les commencements. La malice du sieur Mathieu l'année dernière a empêché l'exécution de tout cela que javais déjà commandé, mais dès que je fus loin il arrêta l'effet de toutes les bonnes précautions que j'avais prises avant [de] partir ; enfin il continue toujours ses mêmes malices à présent pour dégoûter les ouvriers qu'on lui avait donnés pour travailler avec lui au souterrain. Il les a tellement rebutés qu'ils ont tous quitté les ouvrages ; c'est là tout ce qu'il demande ; c'est ce qu'on m'a appris d'abord en arrivant. Cela ne m'a pas surprise parce que j'ai appris à mes dépens à connoître sa mauvaise foi. J'espère de la bonté divine que je ne serai pas confondue par les injustices de ce malin rustique.

Il sera bien nécessaire que nous ayons une conférence dès que les affaires auront pris une forme solide et que nous consultions notre cher M. Turbilio à qui je vous prie de continuer l'assurance de mon respect et de : on parfait dévouement. J'ai donné ordre qu'on vous remît toutes mes affaires sur Challonge et qu'on vous envoyât une boite de 5 (*livres*) entières qui me reste. Vous la recevrez par première occasion je ne l'ayant que commandée avant partir pour Lyon. Je parlerai ici à M. de la Fournache suivant que m'avez dit de faire. Je ferai de même à l'égard du sieur Mathieu et j'ai l'honneur d'être, etc.

XLVIII. *Mme de Warens à M. Milleret.*

St Jean de Maurienne ce 20 septembre 1748.

Monsieur. — Sitôt à mon arrivée de Lyon j'ai eu l'honneur de vous écrire ; j'espérois que vous m'honoreriez d'un mot de réponse et que suivant vos promesses nous agirions toujours de concert. Je me conduis en conséquence, faites-moi donc la grâce de me marquer en réponse si je puis toujours compter de même. On m'a assurée que M. Turbilio était passé ici depuis peu, et qu'il était allé auprès de vous. Faites moi l'honneur de m'instruire de la vérité.

Je travaille sans relâche ; notre filon de fer est en état et la maison qui est à la tête du dit filon est achevée.

Je fais travailler à force aussi dans notre souterrain.
J'arrange les affaires du mieux qu'il m'est possible pour
que non seulement on puisse payer la cense de la
Saint-André du capital qu'on doit à M. le Marquis,
mais qu'on puisse donner encore 5000 livres à compte
du capital.

J'aurai l'honneur de vous apprendre dans peu la tour-
nure que les affaires auront prise. En attendant je vous
prie Monsieur, de vouloir nous continuer votre protection, et j'ai l'honneur d'être en attendant un mot de
réponse, avec la considération la plus parfaite, etc.

XLIX. *Mme de Warens à M. Milleret* « en main propre ».

(*Sans date.* St Jean de Maurienne, fin septembre 1748).

Monsieur, — Pressez, je vous en prie, il n'y a pas
un moment à perdre pour écrire à M. Turbilio qu'il
emploie le crédit de M. le Marquis et le sien pour avoir
du roi et de la Chambre des Comptes la ratification de
ces privilèges. Au moyen de cette assurance je suis
venue à bout de former notre compagnie. Le monsieur
que je viens de voir à Lyon en sera le soutien. Vous
sentez que c'est une trop bonne ressource pour nous
pour ne pas tout mettre en usage pour la conserver.
C'est de cette ratification que dépendent les sûretés de
notre établissement. Si nous l'avons, ce monsieur m'a
promis les fonds nécessaires pour nos travaux. Depuis
que je suis ici j'ai tout mis en train, tous nos ouvrages
sont en bonne situation.

L'argent de M. Mansord a fait jusqu'à présent ; celui
du monsieur de Lyon (1) soutiendra le tout. Si vous

(1) M. Périchon.

avez soin de votre côté de me soutenir et continuer avec
moi la correspondance tout ira bien. J'ai fait remettre
votre lettre à M. La Balme sans parler de celle que vous
m'écrivez, comme si je l'avais reçue par occasion ; cela
a fait un très bon effet pour le déterminer à se désister
de sa portion en faveur d'un tiers qui aura de quoi répondre de cette portion, car pour M. de la Balme je me
suis bien mise au fait de ses avoirs. Si j'en avais su
autant l'année dernière je me serois bien gardée d'avoir
un semblable associé, mais, Dieu merci, je me vois à la
veille de pouvoir réparer la faute que mon trop de crédu-
lité m'avait fait commettre. Ne dites mot de tout ceci
à personne.

Dès que ceux de Lyon seront arrivés avec leur argent,
ce qui doit arriver à la fin de ce mois, j'aurai l'honneur
de vous en donner avis et d'aller moi-même, si mes
forces le peuvent permettre étant malade, d'aller jusques
à Annecy, pour vous porter l'intérêt avec un acompte.
Vous sentez bien, Monsieur, que les circonstances demandent qu'on ne dégarnisse pas la caisse afin que les
travaux se soutiennent. Je vous ferai un plus complet
détail dans la quinzaine. Je me recommande à vos soins
et à votre protection et amitié et vous prie de me croire
sans réserve avec l'attachement le plus sincère et une
parfaite consideration, Monsieur, etc.

Mille amitiés je vous prie à Madame votre aimable
épouse et à toute votre aimable famille. Ne dites mot à
M. l'avocat de nos affaires, s'il vous plaît, pour raison.

L. *M. de la Balme à M. Milleret.*

Saint-Jean ce 11e octobre.1748.

Monsieur, — J'ai bien reçeu celle que vous avés pris

la peine de m'écrire en datte du 4 du courant concer-
nant l'expiration du terme pour ce qui regarde l'intérêt
de la somme que doivent Madame de Warens et mon
frère, pour l'achat qu'ils ont fait des fabriques du seigneur marquis de la Roche, à cela près je vous dirai,
Monsieur, que la procure que mon frère m'a fait ne
concerne que les intérêts de la famille et ne parle point
des dites fabriques, il ne m'en a jamais rien dit, ainsy
ne trouvés pas mauvais que je lui fasse part du contenu
de votre letre par la poste d'aujourd'huy pour qu'il puisse
prendre ses mesures la dessus, je suis persuadé qu'ils
feront honneur à tout avec le temps et que vous Monsieur
leur donnerés le temps suffisant pour pareille chose,
mon frère est de garnison à Munich, ainsy il nous faudra un mois pour avoir réponse, je l'attend avec autant
d'impatience que j'ai de satisfaction de me dire avec
toute la considération possible, — Monsieur, votre très
obéissant serviteur. *Le Ch^r de la Balme off^r de
S. M. S.* (1).

LI.   *M. Léonard à M. Milleret.*

† Gruffy le 16 octobre 1748.

Monsieur,

Je viens de recevoir une lettre de madame la baronne
de Warens qui me charge de vous remettre l'incluse en
main propre ; comme il m'est impossible de me rendre
Annessy j'y supplée par l'exprès qui vous remettra la
présente ; cette Dame m'a paru avoir grande confiance
en vous pour ses entreprises, dans le temps que j'eus
l'honneur de la voir en dernier lieu Annessy, et elle

(1) Le chevalier de la Balme, officier de Sa Majesté sarde.

compte beaucoup sur vos bons offices pour l'aider à y réussir.

Cette occasion, monsieur, m'est très favorable pour vous assurer de la parfaite considération avec laquelle je suis, — Monsieur,

votre très humble et très obéissant serviteur.

P. Léonard, curé de Gruffy.

LII.   *M. Hugonin à Madame de Warens.*

Vers la fin de mars 1748. — Il lui annonce son retour de Berne et sa réussite dans deux petites affaires qu'il était allé y traiter.

Il a fait une visite au colonel de Willardin afin de savoir s'il ne conviendrait pas qu'il adressât au gouvernement bernois une requête pour obtenir la délivrance du domaine de Basset déclarant qu'il ferait son possible pour « l'améliorer et le faire valoir ce qui tournerait à un avantage réel et pour vous et pour nous et nous prouverait la satisfaction de pouvoir vous soulager ».

M. de Villardin l'ayant encouragé, il adressa sa requête à L. L. E. E. qui par « un effet de leur grande équité ont ordonné la main-levée du séquestre moyennant une caution recevable. Ainsi, ma chère tante, si vous êtes toujours dans l'idée de venir le printemps prochain à Genève... vous aurez la bonté de me donner avis un peu à l'avance afin que je puisse tâcher d'obtenir permission de notre seigneur baillif de m'absenter quelques jours de nos ouvrages pour avoir le bonheur de m'aller aboucher avec vous au dit endroit ».

LIII.   *Mme de Warens à M. Hugonin.*

Chambéry 15 juillet 1748.

Monsieur et cher neveu,

Si j'ai différé si longtemps à répondre à la chère votre c'était pour pouvoir vous apprendre le temps précis où je pourrais me rendre à Genève pour vous parler comme vous le souhaitez. Malheureusement pour moi comme pour bien d'autres les affaires du temps rendent les paiements des pensions en Trésorerie si difficiles, qu'il ne m'a pas été possible d'arracher un quartier de la mienne depuis environ deux années. La cruelle grêle n'a rien laissé dans la paisible campagne que j'habite. Toutes ces difficultés et malheurs joints ensemble m'empêchent cette année de pouvoir me rendre à votre chère invitation. Soyez bien persuadé, mon cher neveu, que ma plus douce consolation c'est de vous voir et de prendre des nouvelles de ma chère nièce et de vos chers enfants. Ainsi dès qu'il plaira à Dieu de me redonner les facultés et que j'aie encore les forces et la fermeté pour pouvoir me rendre jusques à Genève je vous assure que je m'y rendrai et vous en donnerai avis pour avoir la consolation de vous voir avant mourir, car ma santé est dans une telle situation, qu'elle ne me laisse plus espérer deux années de vie, je me sens entièrement détruite, le chagrin que me cause le procès que m'ont intenté mons. Dequartéry et mons. de Rovéréaz m'a jetée dans le désespoir. Je leur ai procuré la meilleure entreprise qu'il y ait en Savoie où il y aurait à gagner tout ce qu'ils auraient voulu. Je ne leur avais demandé pour toute récompense que de mettre mes fonds la dernière après que tous les autres auraient fourni les leurs. Ils me l'ont accordé. J'ai compté sur leur parole comme sur l'Evangile. Je n'ai point eu l'esprit ni la précaution de m'en faire donner une déclaration particulière, comptant d'être avec des amis et des patriotes et je me vois moquée et ballotée de toutes parts. Cela est bien sensible pour moi. Je ne veux point être avec eux malgré eux ; ainsi j'ai pris le parti de renoncer à ma portion plutôt que de plaider. Voilà à quoi j'en suis. Je vous supplie, mon cher neveu, de vouloir engager ces messieurs à ne plus me chagriner, ils ont de grands trésors entre les mains, Dieu leur en donne joie, et non profit pour moi, j'aime mieux être pauvre pour le reste de mes jours que d'avoir des procès. Ainsi je ne leur ferai plus d'ombrages dans leur société. Je les prie de me laisser tranquille c'est tout ce que je leur demande. J'espère, mon cher neveu, de votre bon cœur et de votre amitié comme de celle de ma chère nièce que vous voudrez bien contribuer tous les deux à engager ces messieurs à me laisser en repos. Honorez-moi d'un mot de réponse à ce sujet et apprenez-moi des nouvelles de vos chères santés et de vos chers enfants. Je vous embrasse tous cordialement, etc.

LIV. *M. Jean Gamaliel de Rovéréa à M. Hugonin* (1).

Bex, 9 août 1748.

M^r et T^s cher cousin,

Si Mme de Vuarens ne s'était pas si intimément liée avec ceux qui n'en voulaient qu'à notre argent, tenez-vous pour assuré qu'elle n'aurait jamais été recherchée de ma part, ni peut-être de Mr de Quartéry, nonobstant le sujet légitime que nous avons de nous faire avoir

(1) Publiée par M. de Montet ; *Doc. inédits*, p. 115.

raison, et ce n'est pas sans peine, principalement par la considération de ma cousine votre épouse, que je me suis prêté aux démarches que nous avons faites. Mais il fallait ou tout abandonner et souffrir notre perte avec ces gens là ou qu'elle fût mise de la partie.

Pendant que nous avons laissé faire paille des sommes d'argent que nous avons seuls fournies, ce n'était que flatteries continuelles de sa part et nous n'avons pas plutôt ouvert les yeux et voulu mettre en ordre les affaires de la fabrique, qu'elle s'est servie de toutes sortes de reproches, d'invectives et de menaces, croyant nous intimider. Vous voyez par la lettre qu'elle vous écrit qu'elle continue sur le même ton de notre prétendue insigne ingratitude. Comme elle nous a si souvent écrit qu'elle avait bien voulu nous accorder cette fortune et ce Pérou par préférence à d'autres personnes qui lui faisaient d'autres conditions, je vous prie de lui écrire que je suis prêt à perdre 2,000 livres de Savoie des argents que j'ai actuellement déboursés pour cette fabrique si elle trouve quelqu'un qui me rembourse le surplus en se mettant à ma place ; que lui abandonnerais en la meilleure forme qui se puisse avec ma part de tous les effets et les minéraux tirés, dont tout est en dépôt sur les lieux. Et quoique je n'aie pas vu Messieurs de Quartery depuis quelque temps j'oserais m'assurer qu'ils lui feront les mêmes conditions.

Ce qui a le plus étonné ces Messieurs et moi dans la conduite irrégulière de cette dame au sujet de nos affaires c'est le parti qu'elle a pris à corps et à cris contre nous pour Borel, ce voleur, qui ne s'est pas contenté d'emporter une partie de nos argents et nous a outre cela porté dans ses comptes quantité d'articles pour avoir été payés, lesquels il n'a jamais acquittés, dont il se découvre sou-

vent des nouveaux, pour lesquels nous sommes harcelés
de façon que cela n'a point de fin. Nous n'avons du reste
aucune nouvelle de l'état de notre procès, etc.

LV.   *Mme de Warens à M. Hugonin.*

St Jean de Maurienne, 8 octobre 1748.

Je profite de l'occasion de M^r le capitaine L'home
qui va à Romont, sa patrie, pour vous donner de mes
nouvelles et apprendre des vôtres, de celles de ma chère
nièce et de toute votre aimable famille. Si vous avez
des nouvelles de M^r votre frère qui est à Londres, je
vous prie de vouloir m'envoyer son adresse par le retour
de M. L'home. Ayez la bonté de vouloir lui faire toutes
les politesses qui dépendront de vous et donnez-vous la
peine de prêter un moment d'attention à écouter ce que
je l'ai chargé de vous dire et que je ne puis coucher sur
le papier, attendu qu'il me faudrait trop écrire, et je
me trouve si incommodée d'un grand mal de tête et
d'oreilles qu'à peine puis-je écrire ces lignes. Vous
m'obligerez si vous pouvez remettre à Monsr le comman-
dant L'home qui vous remets ma lettre, le revenu d'une
année de mon petit bien du Basset, je me trouve en
avoir un pressant besoin étant malade et ne pouvant
pas tirer le sol de ma pension depuis 2 années. Messrs
les Espagnols ne sont pas exacts à faire payer les pensions qui sont établies sur les finances de l'Etat, quoique
ce dût être un article sacré. Vous voyez que cela me
jette dans un cruel embarras. Dieu soit béni de tout, je
compte que je ne resterai pas longtemps à l'étroit et
que ma pension sera rétablie à la paix. Ainsi je vous
prie de me rendre les services qui dépendront de vous
dans cette circonstance et de remettre ce que vous pourrez

à M^r L'home qui vous en fera un reçu de ma part que je tiendrai pour bon, comme si je l'avais fait moi-même. M^r L'home conférera aussi avec vous au sujet d'un jeune homme de famille que nous voudrions pouvoir placer dans quelque service. Si par vos amis vous pouviez le faire entrer dans le service de Hollande vous me feriez un vrai plaisir. C'est un cadet de famille qui a peu de bien et qui par conséquent n'a point d'autre parti à prendre que celui des armes. J'embrasse etc...

LVI. *Mr J.-G. de Rovéréa à M. Hugonin* (1).

Bex, le 5 novembre 1748.

Je ne pouvais pas vous répondre d'abord parce qu'il me convenait de comuniquer la lettre de Mme de Vuarens à M. Quartery ; un voyage que j'ai fait la dessus m'a fait perdre la mémoire de cette affaire. D'ailleurs nous voyons bien que ces propositions ne sont que des pures balivernes et sommes confirmés dans la croyance où nous sommes sous les indices trop visibles, qu'ils étaient tous d'entente pour tirer partie de la bourse des bonnes gens. Vous voyez comment elle continue à soutenir le parti des voleurs et canailles et son chagrin de ce que nous avons ouvert les yeux trop tôt pour elle et trop tard pour nous. S'il était vrai qu'elle puisse trouver quelqu'un qui voulût se mettre à notre place en nous remboursant seulement la moitié de nos avances, elle n'aurait pas besoin d'un acte par avance pour cela. Nous voyons bien la raison pour laquelle elle fait cette tentative. Mais si contre espérance il y avait quelques réalités, elle peut toujours compter sur ma parole et sur

(1) Publiée en partie dans *Doc. inédits*, p. 139.

celle des dits Messieurs de Quartery que nous nous
contenterions de cette moitié et de perdre le surplus sur
le même pied que je vous l'ai déjà écrit et que vous
m'avez dit lui avoir communiqué. Et nous nous ren-
drions bien vite à l'endroit qui nous serait désigné pour
en passer un contrat dans les formes, étant bien fâché
en particulier de m'être laissé engager à prendre des
liaisons avec de pareils gens. Je ne lui sais pas d'autres
moyens de se tirer d'affaires avec nous que celui-là,
d'autant que nous ne discontinuerons pas nos poursuites
jusqu'à ce que nous nous soyons fait raison ou que nous
soyons remboursés de cette moitié que je propose ci-des-
sus.

LVII.   *Mme de Warens à Mr Hugonin.*

Chambéry ce 25 décembre 1748.

J'ai reçu la chère vôtre en date du 6 du courant par
les mains de M^r le capit. L'home a qui j'ai obligation
car il m'a rendu service dans ma maladie et je lui sais
très bon gré de vous avoir instruit de mon état, ce que
je n'aurais pas eu le courage de faire moi-même. Ce qui
doit me consoler dans ma disgrâce c'est qu'il n'y a rien
de ma faute et si je perds 3,000 livres de mes pensions
dans ces deux misérables années où la grêle et la pourri-
ture et autres accidents ont totalement enlevé ces deux
récoltes, il n'est pas surprenant qu'après de pareilles
pertes je sois dans un besoin pressant. Ainsi je vous
prie, puisque vous êtes dans la bonne volonté de me
faire toucher 20 patagons, de donner de nouveau l'ordre
pour qu'on remette incessamment cette petite somme, etc.
Ainsi je vous prie, sitôt la présente reçue, d'expédier
aussi promptement la chose qu'il vous soit possible,

attendu que Mr Lhome part le 4 de Janvier avec son régiment pour l'Espagne et comme il m'a avancé quelque chose sur l'avis de votre chère lettre, il faut que je lui rende avant qu'il parte et je n'ai pas d'autres choses pour le présent à lui remettre. Je serais au désespoir de lui manquer, attendu qu'il est en grand besoin pour faire son voyage et qu'il m'a obligée fort gracieusement.

LVIII.   *M. Mansord à M. Milleret.*

Le 7 février 1749, M. Mansord écrit à M. Milleret : « L'honneur que m'a fait Mad^{me} la baronne de Warens de m'admettre dans la Compagnie qu'elle forme pour l'exploitation des mines de la haulte Morienne me procure le plaisir de vous l'écrire... » Il le prie de mettre dans leurs intérêts le marquis de la Roche sur l'esprit de qui il a grand crédit, et lui rappelle l'amitié qu'il lui a toujours témoignée :

« La grâce que nous vous demandons est de vouloir surseoir le payement de la terre. Nous ne pouvons pour le présent payer que les intérêts de l'année dernière. L'argent est prêt et je le laisse entre les mains de mon cousin Mansord (1), avocat en ce Sénat; je vous l'aurois porté si l'évacuation (2) eût été entièrement faitte, mais je suis icy incognito et je repars demain pour Grenoble sitôt après l'évacuation et aurai l'honneur de vous aller voir et de vous porter 1250 livres, si mieux vous n'aimez faire prendre cette somme chez mon cousin qui l'a entre les mains, mais comme j'ai beaucoup de choses à vous

(1) Spectable Donat Mansord.

(2) L'évacuation de la Savoie par les troupes espagnoles. François Mansord était sans doute occupé au licenciement du régiment dont il allait cesser de faire partie.

dire je compte avant la queinzène d'avoir le plaisir de
vous voir », etc... *Mansord.*

LIX. *Mme de Warens à M. Milleret.*

A Chambéry ce 9 février 1749.

Monsieur, — En attendant le retour de M. Mansord,
j'ai l'honneur de vous adresser sa lettre ; en la lisant
vous comprendrez, Monsieur, la diligence qu'il m'a
fallu faire pour avoir la satisfaction de répondre préci-
sément à l'avis que vous avez eu la bonté de me faire
donner par M. le curé Léonard à qui j'ai répondu sur
le champ. Je compte qu'il aura eu l'honneur de vous
voir de ma part ; par la grâce de Dieu malgré toutes les
embûches qu'on m'a tendues de toute part pour détruire
nos fabriques, elles se soutiendront, Dieu aidant, à la
satisfaction de M. le Marquis et à l'avantage de toute
la Compagnie. Les vingt places qui font le nombre de
notre société sent remplies ; il ne manque que l'exécution
du paiement de M. Avrillon ; des autres, nous n'en
sommes pas en peine ; mais comme je compatis à sa
situation je n'ai pas le courage de l'inquiéter pour son
paiement.

Lorsque j'aurai le bonheur de vous voir, monsieur,
nous parlerons de tout cela ; en attendant cette satisfaction, agréez, monsieur, je vous prie, les sentiments de
ma sincère reconnaissance, ne m'en refusez pas la continuation, je vous en prie, etc. — *La Baronne...*

Mes obéissances tres humbles à madame ; ayez la
bonté de m'accuser réception de l'incluse. Faites-moi
la grâce Monsieur de faire agréer à M. Turbilio la
continuation de mon respectueux dévouement lorsque
vous lui récrirez.

LX.   *Mme de Warens à M. Milleret.*

Chambéry, ce 16 février 1749.

Monsieur, — J'ai reçu l'honneur de la chère votre et l'incluse pour M. Mansord dont je viens de recevoir dans ce moment une lettre de Grenoble. Il me márque qu'il fera son possible pour se rendre ici la première semaine de Carême mais que les mauvais temps de pluie et d'orage lui ont taillé de la besogne dans ses biens en lui emportant les couverts de ses granges et qu'il lui faut donner incessamment les prix-faits pour réparer ces désordres avant qu'il revienne. Pour l'argent que M. Mansord a apporté de Grenoble, tout est en louis neufs ; je n'ai pas voulu le garder chez moi étant malade et l'ai fait mettre en dépôt entre les mains de son cousin M. l'avocat Mansord qui demeure à la place de Lans. Le monsieur que vous nous indiquez à qui l'on pourrait compter la dite somme étant parti pour Annecy, si vous ne jugez pas à propos d'attendre l'arrivée de M. Mansord, ayez la bonté de remettre votre reçu de 1250 livres à quelqu'un de votre confiance qui pourront venir dans ces quartiers et je leur *(sic)* ferai parler à M. l'avocat Mansord qui est chargé de la dite somme et qui la comptera pour l'intérêt que nous devons à M. le Marquis, car il n'y a rien de plus juste que de nous acquitter de notre devoir et vous verrez, monsieur, avec l'aide de Dieu, que M. le Marquis sera content de notre conduite. Nous osons aussi espérer que par sa bonté et bonne protection il nous garantira des embûches et des pièges qu'on nous a tendus et qu'on cherche encore à nous tendre pour procurer notre perte en faisant manquer notre entreprise. Vous ne sauriez jamais vous imaginer tout ce que j'ai souffert à ce sujet, mais j'ai gardé toutes les épines pour

moi et je n'en ai fait voir que les roses à ceux que j'ai
eu le bonheur d'engager dans notre Compagnie qui
n'est composée que d'une poignée d'honnêtes gens dont
M. Turbilio et vous, monsieur, serez très contents. En
un mot, mon cher monsieur, j'ai travaillé en bon père
de famille en tout et partout autant qu'il m'a été possible,
et comme j'ai été entièrement abandonnée de mes deux
associés M. de la Balme et Mathieu, et que j'ai été
obligée de travailler seule à mes frais et sans aucun
secours de leur part pour soutenir les affaires et pour
établir solidement la Compagnie cela m'a fait prendre
des arrangements avec M. Mansord en particulier dont
j'aurai l'honneur de vous faire part à la première entrevue, et je désirerais avoir incessamment de M. Decoux
la copie du contrat passé avec le sieur Mathieu afin
qu'ensuite des arrangements pris avec M. Mansord
nous puissions nous mettre en règle avec Mathieu Casse.
Vous sentez bien, Monsieur, sans que je m'explique
davantage, que par la conduite que je tiens et que je
tiendrai toute ma vie, que je travaille aussi sincèrement
pour les intérêts de M. le Marquis que s'il y étoit lui-
même en personne.

Je n'ai rien de plus à vous dire, pour le présent (vous
m'entendez). On travaille à tirer la mine de fer et les
prix-faits sont donnés pour la descendre (1). Je fais
prendre les arrangements nécessaires pour faire aussi
tirer du plomb et du cuivre, ce que je n'aurois pu faire
pendant la guerre à cause des Anglois (2) qui ont envoyé
en diverses fois des gens travestis pour espionner tout

(1) Descendre le minerai de la bouche des puits située à
une grande altitude dans la montagne.
(2) Probablement les deux Cash.

ce que nous faisons, avec ordre de saisir toutes nos
mines, si nous en avions tiré d'autre que celle de fer.
La protection particulière de l'Intendant espagnol les a
engagés à exercer à mon égard toutes leurs mauvaises
manœuvres, ce qui m'a mis bien des fois dans le cas
de manquer de pain et de voir périr notre entreprise,
mais j'ai toujours eu bon courage, espérant que la divine
Providence auroit pitié de moi et que j''accomplirois tôt
ou tard ce grand travail que je n'ai commencé que pour
la gloire de Dieu, le soulagement des pauvres et pour
mon pain quotidien, n'ayant jamais dans tout ceci
recherché la richesse du monde. C'est uniquement de
la bonté divine que j'attends tous les secours dont j'ay
besoin : ainsi je vous prie de ne pas m'oublier dans vos
prières, surtout lorsque vous irez à Saint-François de
Sales (1), mon bon patron, pour que par son intercession
j'obtienne les secours dont j'ai besoin.

Je présente mes très humbles obéissances à Madame
et j'ai l'honneur d'être, monsieur avec un sincère dévouement, etc.

LXI.   *M. Mansord à M. Milleret.*

Chambéry, ce 23 février 1749.

Monsieur, — J'aurais eu un vrai plaisir d'avoir
l'honneur de vous aller voir, mais mes affaires ne me le
permettent pas encore. J'aurois souhetté de vous envoyer
les 1250 livres qui sont dues à M. le marquis de la Roche
pour intérests échus, mais le prix auquel vous voulez
prendre les louis est trop bas pour me déterminer à vous

(1) Le corps de saint François de Sales, évêque de Genève-Annecy (1602-1622), était déposé à Annecy dans l'église
du *premier* monastère de la Visitation.

les donner en perte, m'ayant coûté 21 livres 10 sols
pièce. J'espère que voudrez bien attendre que je puisse
les convertir en espèces de cours. Procurez-moi, je vous
prie, quelqu'un qui veuille s'en charger, M. Ruffy ne
voulant le faire que sitôt que cette somme sera en pièces
de cinq sols. Je suis bien persuadé que M. le Marquis ne
trouverait pas mauvais si vous receviez la dite somme
en louis de France sur le pied qu'ils m'ont coûté ; mais
puisque cela ne vous convient pas, du moins donnez-
moi le temps de vous satisfaire sans qu'il m'en coûte
autant. Vous obligerez infiniment Madame la Baronne
de Warens qui se trouve indisposée et qui vous salue et
celuy qui est avec la plus parfaite considération, etc.

LXII.   *Mme de Warens à M. Milleret.*
Ce 27 février 1749.

Monsieur, — J'ai été si malade que je n'ai pu avoir
l'honneur de repondre à votre précédente. J'avais prié
M. Mansord de vous le marquer en vous offrant mes
respects. Il vous a envoyé les douze cent cinquante livres
que nous vous devons pour l'intérêt de M. le marquis
par M. Marion. Ayez la bonté, si vous ne les avez pas
encore reçues, d'aller chez le dit M. Marion qui vous
remettra la dite somme, et nous vous prions de rechef
suivant les lettres d'avis que vous en a données M. Mansord par le dit M. Marion, que vous ayez la bonté de
nous envoyer notre reçu motivé de la manière que
M. Mansord vous a marquée. C'est la grâce que nous
vous demandons et celle de nous croire avec la considération la plus parfaite, etc.

P.-S. — Mes obéissances très humbles à madame, je
vous en prie. — Le sieur Croset qui m'avait promis de

passer chez moi pour prendre « la boëtte d'antidotte » m'a
manqué de parole. Faites-moi le plaisir de me l'adresser
à son premier voyage ici, je vous en serai infiniment
obligée.

LXIII.   *M. Mansord à M. Milleret.*

Chambéry ce 30° *(sic)* février ? janvier ? 1749.

Monsieur, — Si j'avais reçu la dernière lettre que
vous m'avez fait l'honneur de m'écrire dans son temps
je vous aurois envoyé aussitôt les 1250 livres en question. M. Emblet s'en seroit chargé. Je suis charmé par
rapport à vous que vous vous soyez déterminé à prendre
les louis neufs sur le pied de 21 livres 8 sols, car je
vous allais envoyer cette somme en mitraille. J'aurais
pu le faire sans perte, puisqu'on me donnait 21 l. 10 s.
par louis, mais une affaire de cinq à six livres ne me
touche pas dès lors qu'il s'agit de vous accommoder ; vous
recevrez donc, monsieur, par M. Marion le fils, 58
louis neufs qui font, à 21 l. 8 s., 1241 l. 4 s. avec celle
de 8 l. 16 s. en monnoie qui fera la somme de 1250
livres.

Je vous prie de m'en accuser la réception et de m'en
envoyer le reçu au nom de Mme la Baronne de Warens
et du mien. En accusant dans le dit reçu que cette
somme est de mes propres deniers vous obligerez infiniment celui qui est avec toute la considération possible
et le plus grand désir de vous voir, Monsieur, votre
etc. — *Mansord.*

Aussitôt qu'il sera en mon pouvoir d'aller à Annecy
je le ferai avec empressement pour vous témoigner
combien je suis sensible à la politesse de vos lettres, et
pour renouer cette ancienne amitié qui déjà a régné entre

vous et moi (1). J'espère que nous continuerons sur le même pied.

LXIV.   *Mme de Warens à M. Hugonin.*

Chambéry ce 6 avril 1749.

Elle accuse réception de trois louis neufs qu'il a fait compter pour elle chez Mrs Bonnet ; — annonce la prochaine arrivée à la Tour de M. de Decourtilles, qui est chargé de le voir ainsi que sa famille. « J'ai dit à M. de Decourtilles d'aller mettre pied à terre chez vous, afin que pour le peu de temps qu'il a à demeurer au pays, il puisse du moins vous parler librement et en général, de mes affaires. Par la grâce de Dieu, je n'en ai point à présent qui doivent me chagriner, que celle qui concerne la Société de Chamonix, qui aurait parfaitement réussi si ces messieurs avaient voulu. M. Decourtilles est chargé de vous en faire un petit détail. Je vous prie en grâce de vouloir m'obtenir de ces messieurs de me voir en paix avec eux. Je ne leur demande rien, je n'ai rien eu d'eux que beaucoup de peines et d'embarras. Ils ont la meilleure entreprise de Savoie entre les mains ; il ne tient qu'à eux d'en tirer bon parti, je leur souhaite toutes sortes de bonheur dans leurs entreprises, mais je désire aussi de tout mon cœur qu'ils me laissent comme ils m'ont trouvée. J'abhorre les procès, à quoi bon se tourmenter les uns les autres. La vie est si courte qu'il faudrait la passer en paix. Je vous prie mon cher neveu de vouloir me servir en ami auprès de ces messieurs afin qu'il me laissent tranquille. Je me suis désistée amiablement de la portion qu'ils m'avaient accordée avec eux, à

(1) M. Mansord avait sans doute tenu garnison à Annecy et y avait alors connu M. Milleret.

quoi bon plaider inutilement. Si j'avais voulu faire des procès pour des cas pareils, j'aurais bien eu des motifs, mais j'ai mieux aimé toujours abandonner mes intérêts que de plaider. Le temps qui est un grand maître vous fera connaître un jour, mon cher neveu, que je suis votre amie plus que vous ne croyez et que j'aurais dû mériter quelques parts dans votre estime, dans votre amitié, pour ma façon de penser, mais j'ai lieu de juger par la manière dont vous vous êtes énoncé sur mon compte dans la lettre que vous avez écrite à M. L'Hôme, que je n'ai pas encore le bonheur d'être connue de vous, car vous lui marquez en propres termes, que quoique vous n'ayez pas lieu d'être satisfait de ma conduite à votre égard, vous ne laissez pas que de me soulager. Cela est d'autant plus beau à vous, mon cher neveu, d'en créer la vertu, les bonnes œuvres même à l'égard de ceux que vous ne croyez pas de vos amis. Mais par des sentiments de la sincère amitié que je conserve pour vous, pour votre femme et pour vos chers enfants, permettez que je fasse tout ce que cette amitié pourra me dicter, pour vous prouver par ma conduite à votre égard, que je sais mériter dans toutes les occasions, qui dépendront de moi, que vous m'accordiez votre amitié par un juste retour, vous assurant, etc.

[P.-S.] Je vous prie, mon cher neveu, de vouloir me servir amicalement et suivant les sentiments de votre bon cœur, en me procurant la fin de ce procès de Chamonix et soyez assuré aussi, que par un juste retour, je me prêterai en toute occasion à vous obliger vous et vos enfants, si Dieu me prête vie encore quelques temps. Vous vous en apercevrez du moins autant que j'en aurai la force, je vous recommande M. Decourtilles et vous prie,

au cas qu'il ait besoin, de lui remettre quelque chose. Je
vous en tiendrai compte et vous en serai très obligée.

LXV.   10 avril 1749.

Nous possédons un acte sous seings privé intervenu
à cette date entre Mᵐᵉ de Warens, Mansord et Mathieu
Cash, se disant « tous trois associés ».

A raison des dépenses considérables que la Baronne
et Mansord ont faites pour les travaux de Cash dans les
souterrains de la Colombière à la montagne du Petit-
Montcenis et des assurances positives que Cash leur a
données « qu'ils n'étaient pas loin de riches filons » et
qu'il leur donne actuellement « d'avoir découvert un
filon de zinc de deux pieds de largeur de mine », Cash
s'engage à leur livrer ce filon avant le 15 mai suivant.
S'il le leur livre au terme fixé ils ne pourront pas prendre
de nouveaux associés afin de ne pas diminuer les portions ;
s'il dépasse ce délai, ils pourront en prendre. Le tout
sans préjudice des autres traités passés entre Cash et
Mᵐᵉ de Warens, M. de la Balme, soit Mansord son
ayant-droit et M. Milleret. — L'acte est fait à Chambéry
« dans la maison de Mᵐᵉ de Varens en présence de
François Perraud de la Branche, natif de Charlieu en
Lyonnois, et de sieur Claude Rol, maître apothicaire,
natif de Saint-Jean-de-Maurienne ».

LXVI.   *Mᵐᵉ de Warens à M. Milleret.*

Ce 18ᵉ may 1749.

Monsieur, — Des trois contrats que j'ai eu l'honneur
de vous faire voir, je vous en envoie deux, le troisième,
qui est celui de M. Darbon, aura peut-être quelques petits
changements dans un ou deux articles, ce qui m'oblige

d'attendre à vous l'envoyer qu'on ait mis les choses tout à fait au point.

Soyez persuadé, monsieur, que je ne perds pas un instant pour faire mettre tout en bonne règle et qu'il n'y aura pas de ma faute si les choses ne sont pas suivies du plus heureux succès. Je vous prie aussi, Monsieur, en contre échange, comme il est juste, d'avoir la bonté de me faire expédier un double du contrat que nous avons passé ensemble que je suis prête à accomplir quand on voudra. Je serai charmée de faire connaître par ma conduite la sincérité de mon dévouement à la maison de Granery ou pour tous ceux nommés par eux. Si vous écrivez à M. Turbilio, offrez-lui mes obéissances très humbles et recommandez-lui de me faire protéger ici par ceux qu'il jugera à propos, pour rétablir un peu ma situation et mon crédit que les mines de Moriane par la malice de certains envieux m'ont tellement enlevés qu'il faudra enfin que je meure de chagrin et de besoin du nécessaire si Dieu n'y met la main. Quelques lettres de recommandation suffiroient pour cela. Quoiqu'on me regarde comme le plus petit objet de la Compagnie, je suis cependant celui qui ai le plus travaillé et j'ose dire que sans moi tout éloit perdu sans ressource ; j'ose le dire hardiment parce que cela est vrai. Il me semble que ma bonne conduite mériteroit bien un petit mot de protection pour que je pusse être à l'abri des persécutions qu'on me fait souffrir ici.

Je me recommande à vos bons offices, cher Monsieur, et vous prie d'être bien persuadé que vous me trouverez en toutes occasions remplie de zèle pour tout ce qui peut vous intéresser, ayant l'honneur, etc.

LXVII.   *Mᵐᵉ de Warens à M. Milleret.*

A Chambéry ce 26ᵉ may 1749.

Monsieur. — J'ai l'honneur de vous donner avis fort
à la hâte pour ne pas manquer cet ordinaire qu'à présent
que nous avons bien pris de la peine pour établir notre
poterie et qu'on nous voit réussir on cherche à nous couper l'herbe sous les pieds et on se vante qu'on obtiendra
les privilèges à notre préjudice. Nous avons cependant,
comme vous le savez, dès l'année passée, la parole du
Roy et du ministre ; mais, monsieur, faites-y faire une
attention sérieuse, je vous prie, par M. Turbilio ; qu'il
ait la bonté de parler sur le champ et à M. le comte de
Saint-Laurent et au Roy, s'il est encore nécessaire,
pour que moi et ma Compagnie puissions jouir au
moins pour quarante années du fruit de nos peines.
Vous savez que je me suis ruiné le corps, l'esprit et la
bourse pour soutenir avec honneur cette affaire. Il serait
bien triste pour moi et ma Compagnie que l'on vînt nous
enlever à présent le fruit de mon industrie. Tenez-y la
main incessamment, je vous en prie, en écrivant à
M. Turbilio qu'il se donne la peine de veiller sérieuse-
ment à cette affaire et qu'il soit assuré de notre reconnaissance. Donnez-moi, je vous prie, de vos chères nouvelles, au plus tôt sur cet article.

Je souhaiterois pouvoir adresser des échantillons de
notre ouvrage à M. Turbilio pour qu'il les fît voir à
M. le marquis et qui fût (qu'ils fussent) ensuite déposé
à la Chambre des Comptes. Pour avoir nos privilèges
qu'il ait la bonté de vous marquer comment il faut faire.
J'attends de vos chères nouvelles et j'ai l'honneur, etc.

P.-S. — Ne manquez pas, je vous prie, par première
occasion de m'adresser quelqu'un pour vous envoyer

une de nos petites marmites afin que vous les voyez.
Elles vont parfaitement bien, Dieu en soit loué et la
Sainte-Vierge qui m'a protégée ; sans cela tout étoit
perdu, car je n'ai eu de soutien de personne à Chambéry.
Faites-moi recommander au gouverneur et à l'intendant
par M. Turbilio, je vous prie.

LXVIII,   *M. Mansord à M. Milleret* (1).

A Chambéry ce 28 juin 1749.

Monsieur. — Madame la baronne de Warens qui est
encore présentement à Lyon en négociations pour nos
affaires me prie de vous écrire pour vous saluer de sa
part et elle [me] charge de vous demander l'expédition
d'un contrat qu'elle a passé séparément avec vous,
monsieur, et M. Turbilio. Je vous serai obligé à me le
renvoyer au plus tôt. Vous le lui avez déjà promis à ce
qu'elle me mande. Elle espère que vous voudrez bien
vous en ressouvenir ; celle-ci n'étant que pour vous en
rafraîchir la mémoire.

Je vous prie aussi de ne pas oublier de faire faire la
recherche des titres que j'ai pris la liberté de vous
demander. Je ferai honneur aux frais qu'il vous faudra
faire à raison de ce ; au reste nous faisons travailler à
force en Morienne. Dieu veuille bénir notre travail qui
nous coûte déjà tant d'argent et tant d'embarras. J'espère
que nous trouverons toujours en vous un vrai ami qui
nous rendra tous les services qui dépendront de lui, et
peut-être je serai un jour en état de pouvoir vous té-

(1) Cette lettre est la dernière du dossier de Chambéry.
M. Milleret ne vécut plus bien longtemps, car on trouve un
arrêt du Sénat de Savoie, relatif à sa veuve et à ses enfants
mineurs, de mai 1753.

moigner ma juste reconnoissance et la parfaite considération avec laquelle, etc. — *Mansord.*

Peut-être que j'irai dans peu à Turin ; je vous donnerai
avis de mon départ et vous prierai de me recommander
et d'épauler ma négociation.

LXVIX.　*M. Hugonin à Mme de Warens.*

4 juillet 1751.

Il lui accuse réception de la lettre du 30 avril que
M. Bouchard ne lui a remise que le 27 juin ; la remercie, par le même canal, des sentiments de bonté et de
cordialité qu'elle lui témoigne ainsi qu'à sa très nombreuse famille ; — lui exprime des sentiments récipro-
ques. Puis, relativement à leurs discussions d'intérêt :
« je vous prie de vous rappeler que depuis longtemps
j'ai eu l'honneur de vous proposer une entrevue dans
laquelle nous puissions résumer nos pourparlers...
pouvant vous assurer que quoique vous ne nous ayez
pas tendu la main comme nous aurions dû nous en
flatter... nous ne cesserons de vous marquer dans
toutes les occasions jusqu'à quel point nous sommes
sensibles à l'amitié que vous daignez nous témoigner...»

LXX.　*Mme de Warens à M. Hugonin.*

Chambéry... septembre 1751.

Monsieur, — L'incluse de M. le capitaine Dequartéry de St-Maurice en Vallais vous fera voir que ce n'est
pas sans raison que je vous prie de vouloir lui remettre
pour mon compte 200 livres que je lui dois. Vous ne
sauriez m'obliger davantage et j'espère que vous ne me
refuserez pas le plaisir que je vous demande à cet égard,
vous priant de vouloir vous donner la peine d'en donner

avis à M. le capitaine de Quartéry, afin qu'il ne soit
plus en peine de sa somme. Si j'avais été payée régulièrement pendant la dernière guerre des pensions qui
me sont encore dues, je n'aurais pas eu besoin de vous
importuner. Je vous prie de vouloir me donner avis de
ce que vous aurez eu la bonté de faire, si vous voulez
m'obliger. Je me propose, Dieu aidant, l'année prochaine
de me rendre à Genève daus la belle saison pour avoir
la consolation de pouvoir encore vous assurer une fois
de vive voix combien je vous suis sincèrement attachée
de même qu'à votre chère épouse ma très chère nièce et
filleule, etc.

LXXI.   *Mme de Warens à M. Hugonin.*

Chambéry ce 30 septembre 1751.

M... J'ai chargé Mr Decourtilles de vous aller faire
une petite visite de ma part et de vous présenter des
prémices des petits ouvrages que je fais fabriquer dans
notre fonderie. Quoique le fer soit une matière fort commune et dont on fait assez peu de cas pour l'ordinaire
je le regarde par d'autres yeux que celui du vulgaire.
C'est par cette raison que je lui ai donné la préférence
sur les autres métaux pour être l'objet principal de mes
occupations. Je souhaite de tout mon cœur que M. Decourtilles vous trouve tous en bonne santé et que vous
receviez cette petite marque de ma confiance d'aussi bon
cœur que je vous la présente. Si la fortune m'accordait
dans la suite quelque chose de mieux je me ferais toujours un plaisir parfait de pouvoir vous en faire part.
J'espère apprendre par le retour de M. Decourtilles que
vous m'aurez fait l'amitié de payer les 200 livres, monnaie de Piémont que je dois à M. le capitaine Dequar-

téry, vous priant dès cette année pour la maintenance
de mon petit bien du Basset de vouloir chaque année
appliquer son petit produit à le réparer et maintenir,
afin qu'il ne se détruise pas pendant ma vie.

[P.-S.]. 14 octobre 1751. Je vous prie de vouloir
remettre en main-propre, l'incluse, sitôt à son arrivée
et s'il était hors de sa maison, de l'envoyer sur le champ
pour la lui remettre, parce que c'est pour des affaires
pressantes et qu'il faut qu'il sache avant son départ de
Bourgogne. Vous m'obligerez infiniment et s'il était
parti pour Bezançon mettre sur le champ la lettre à la
poste à l'adresse de M. Charbonel, directeur des Do-
maines du roi à Bezançon, etc.

LXXII.   *Mᵐᵉ de Warens à M. Hugonin* (1).

Chambéry, 1ᵉʳ decembre 1751.

Monsieur et très-cher neveu,

Vous m'avez bien donné de la consolation en m'écrivant par votre dernière que mes petits ouvrages vous
avois paru digne de quelque atention, cy vous avié sous
vos yeux l'établicement, je me flate que vous l'aprouverié
encore davantage ; vous ne sorié m'obligez plus sensi-
blement quand vous déterminent de me venir faire une
petite visitte, je serois bien charmé de pouvoir consulter
vos lumières et votre amitié sur bien des cas qui pourois
me devenir fort avantageux, cil étoit cultivé, et l'expli-
cation en seroit trop longue sur le papier. J'ai à vous
demender une grasse à laquelle, je serois fort sensible.
Je me trouve assosié avec un sujet, qui est un petit maître
manqué, qui ce fait tout blanc de son épée (2). Quoiqu'il

(1) Publiée en partie dans *Documents inédits*, p. 143.
(2) Pour : qui fait blanc de son épée.

n'ay james fait pour moy la moindre des choses et que
se soit à mes seul talens qu'on doivent toute la réussite
de l'entreprise, comme je suis toujour allée c'ens bruit
et sen faire claquer mon foët, je suis bien aize, du moins
dans cette circonstance de me faire conoître à son
excellence monsr le Gouverneur de Savoye pour
une recomendation qui soit dans le cas de pouvoir du
moins dire, ce que je suis.

Comme Monsr le Général Odibert est amy de Monsieur le Gouverneur vous m'obligerié infiniment, cy
vous pouvié l'engager d'écrire en ma faveur d'une fasson
distinguée et honorable, atendu que je suis à présent
souvent dans le cas, d'avoir bezoin pour mes affaire de
fabrique de la protection de Monsr le Gouverneur.

J'ay eu l'honeur autrefoy de voir Mons. le général
Odibert je vous prie de vouloir me renouveller dans son
souvenir en lui faisant agréer mes profonds respects.

Vous n'ignorez pas, que nous somes allié avec la
maison Demontet et par conséquent Monsr Odibert (1)
est aujourduis notre parent d'aliance. Incy il est très
naturel qu'il ait la bonté de s'intéresser en ma faveur,
en cette occasion. J'aurais eu l'honeur de luy en écrire
pour lui demander cette grâce, mais j'ai crus mon cher
neveu que vous me feriez l'amitié de même que ma
chère nièce de vouloir obtenir pour moi cette faveur.

Dans les sirconstances où je me trouve j'en conser-

(1) Jean-Pierre Audibert, seigneur de Renens, avait
épousé, le 14 juin 1748, Jeanne-Marie de Montet, fille de
Frédéric Gamaliel, à qui est adressée la lettre du 8 novembre
1745 ; il était lieutenant-général au service du roi de Sardaigne, et vivait, à cette époque, à Vevey. (Note de M. A. de
Montet.)

veray toute ma vie une véritable obligation. Vous savez
à quel point je suis à vous et ma chère nièce que j'embrasse de tout mon cœur, de même que toute votre
aimable famille.

LXXIII. *Mme de Warens à M. Hugonin.*

Chambéry, ce 20 mars 1752.

Monsieur, — Je viens d'apprendre seulement à présent par une lettre que Mr Michaud écrit à M. de
Courtilles que vous avez eu la bonté de payer à M^r le
capitaine Dequartéry les 200 l. que je lui devais. Je
vous en ai une obligation infinie et je prie Dieu qu'il
veuille vous combler, vous, ma chère nièce et tous vos
chers enfants, de ses plus précieuses bénédictions et qu'il
vous conserve pendant de longues années l'un et l'autre
en parfaite santé pour jouir de toutes les satisfactions
que vous méritez et surtout de la douce consolation de
voir bien élever votre aimable famille dans la vertu et
la crainte de Dieu. Je vous dirai, Monsieur et cher neveu, que malgré la bonté que vous avez eue de payer
pour moi M^r le capitaine Dequartéry, il ne laisse pas
que de continuer à m'écrire de le payer, ce qui me cause
beaucoup de chagrin. Je vous prie donc en grâce de
vouloir me faire un mot de réponse, ou vous me join-
drez un billet, en forme de déclaration, comme je suis
quitte et libérée envers M. le cap. Dequartéry puisque
vous l'avez payé pour moi. Vous ne sauriez me donner
une marque de bienveillance plus sensible que celle de
venir faire un petit voyage jusqu'ici. Je serais charmée
que vous vissiez par vous-même notre petit établissement et que vous me fissiez la grâce de m'en dire votre
sentiment. L'on assure ici que M^r le général Audibert,

à qui je vous prie de vouloir faire agréer mes profonds respects doit venir ici après ces fêtes de Pâques faire visite à son Excellence Monsr le gouverneur. Je vous prie en grâce de vouloir venir avec lui. Vous ne sauriez m'obliger davantage. J'ai de grandes raisons pour vous prier de m'accorder cette grâce, que je ne puis vous écrire ni coucher sur le papier. Ainsi je vous prie de me marquer en réponse si je puis me flatter que j'aurai encore le bonheur de vous revoir avant que de mourir. Car je vous avoue que je ressentirais un très grand chagrin si vous me refusiez ma juste demande qui ne tend point à vous être importune ni à charge ; bien au contraire...

LXXIV. — Le 5 janvier 1754, Mme de Warens écrit à M... ? pour le prier de faire parvenir à M. Rica, « intendant général d'artillerie » à Turin, une lettre et une caisse contenant des échantillons des charbons provenant de ses mines » (1).

LXXV.   *Mme de Warens à Mme ?* (2).

Chambéry, ce 20 mars 1754.

Madame. — Permetes Mad^e que je me servent d'un de vos patriottes pour Etre linterprette des sentiments distingués et Respectueux que jay conseu pour une personne de votre merite. Ces sentiments vous ont acquis, Mad. toute ma confience, ce qui moblige à vous prier de vouloir macorder l'honneur d'une de vos visites

(1) La minute originale de cette petite lettre appartient à M. André Folliet, sénateur de la Haute-Savoie.

(2) L'original de cette lettre appartient à M. le sénateur André Folliet.

ajant quelque chose d'une grande consequance a vous communiquer que je ne puis confier aux papié et mes infirmités mobligent malgré moi de garder la chambre sy vous prener la peine de venir visiter ma solitude, la personne qui vous remet ma lettre vous y conduiras, vous y trouverez, ce qui est bien Rare aujour duix Dans le monde, La verites dens ce que jorai l'honeur de vous comuniquer et la cordialites dans le devouement tres Respectueux avec lequel jay lhoneur detre, etc.

LXXVI. *Mme de Warens à M. Hugonin.*

De Jussy, 31 août 1754.

M. et cher neveu. Je croirais manquer à mon devoir si je ne vous donnais pas avis de mon arrivée dans ce pays-ci où mes affaires m'ont appelées indispensablement ce qui m'a donné beaucoup de peines et d'embarras ponr faire quatre jours de marche depnis Chambéry jusqu'ici, me trouvant fort infirme et par conséquent très peu en élat de voyager. Je compte d'être ici jusqu'à la St André, et si tôt que j'aurai fini mes affaires, je m'en retournerai à Chambéry, lieu de ma résidence ordinaire. Si par malheur pour moi mes affaires n'étaient pas terminées à la St André, je serais obligée de passer ici l'hiver ce qui me ferait bien de la peine. Si quelque chose peut me flatter pendant mon séjour ici, c'est l'idée d'être dans votre voisinage. Ce qui me donne la douce espérance du bonheur de vous revoir encore une fois en ma vie. C'est la grâce que j'ose vous demander de vouloir me favoriser d'une de vos chères visites, le plus tôt qu'il vous serait possible avant que de commencer vos vendanges, attendu que je serais très charmée d'avoir la consolation de vous faire part de nos affaires qui par la grâce de Dieu ne sont pas mauvaises. Je suis ici dans un endroit fort charmant où rien ne me manque que du bon vin, si vous vouliez me favoriser mon cher neveu d'un tonneau de votre bon vin, je le boirais avec bien du plaisir à votre chère santé et à celle de ma chère nièce, que j'embrasse tendrement et de tout mon cœur de même que votre aimable famille. Elle doit savoir combien elle m'a toujours été chère et par conséquent mon très cher neveu, vous qui êtes la moitié d'elle-même, vous ne devez jamais douter du sincère attachement et de la respectueuse considération, etc.

LXXVII. *Mme de Warens à M. Hugonin.*

Jussy (1) 27 septembre 1754.

J'ai reçu votre chère lettre avec bien de la consolation au retour d'un voyage de deux jours que je viens de faire à Evian pour rendre mes devoirs à son Excellence Mr le baron de Blonay. Je vous prie de vouloir m'envoyer le char de vin que je vous ai demandé en deux demi-chars et de les adresser à Evian à l'adresse de son Excellence de Blonay suivant l'adresse ci-incluse. Cela m'évitera de payer les droits, tout ce qu'on lui envoie étant franc d'entrée en Savoie. D'ailleurs je me propose de lui faire agréer un des deux demi-chars que vous aurez la bonté de m'envoyer. Je sais qu'il aime le vin blanc et ceux d'Evian ne sont pas trop bons. Je vous serai très-obligée de ne pas négliger ma commission, par des raisons que j'expliquerais de vive voix dès que j'aurai le bonheur de vous voir suivant ce que vous me

(1) Jussy près d'Evian, et non Jussy près de Carouge et Genève.

faites espérer. Soyez persuadé mon très cher neveu de mon sincère empressement de vous voir ici pour quelques jours. J'ai des affaires importantes à vous communiquer au sujet desquelles j'ai besoin de vos sages et prudents conseils. Donnez-moi avis je vous prie du temps que je puis me flatter du plaisir de vous voir.

J'embrasse ma chère nièce et suis charmé qu'elle vous ait donné encore donné une aimable fille. L'on ne saurait trouver sa famille trop nombreuse lorsqu'elle est aussi méritante que la vôtre.

LXXVIII. *Mme de Warens à M. Hugonin.*

Jussy, 17 octobre 1754.

Mr, etc... Je vous écris deux mots fort à la hâte par Mr Merkell, notre capitaine mineur, qui m'a promis de me donner des nouvelles de votre chère santé en attendant le bonheur de vous voir ici où je vous attends avec une grande impatience pour vous instruire à fond de mes affaires. Il pourra vous expliquer l'importance de mes travaux et les avantages qui en doivent résulter. Je vous recommande notre dit capitaine, je vous prie de lui faire caresse parce que c'est un fort honnête homme qui m'a toujours servie fidèlement et qui est très habile dans son art. S'il lui manquait quelque chose pour finir sa route je vous prie de vouloir le lui donner, je vous en tiendrai bon compte. S'il revient par les bâteaux d'Evian ayez la bonté de lui remettre un de vos fromages de Montrus (1) et une boîte de 2 ou trois livres de biscuits de Vevey, qui étaient autrefois fort bons. L'on n'en trouve

(1) Montreux, sur la rive droite du lac Léman comme la Tour de Peilz est en face d'Evian qui est sur la rive gauche.

point à Evian où je suis obligée d'aller passer l'hiver
pour mes affaires, à cause que M. l'intendant y fait son séjour et que j'ai souvent à lui parler. Cela ne me fera pas
perdre de vue l'acquisition du bien de Jussy, où je suis
à présent, dès que mes affaires seront rangées. Je ne
veux me déterminer à rien de positif que je ne vous aie
parlé. Et pour lors je me règlerai suivant vos sages
conseils. Je prie Dieu qu'il veuille répandre sa sainte
bénédiction sur votre personne sur celle de ma très-
chère nièce, que j'embrasse, et sur tous vos chers enfants
et je vous proteste, que je veux vivre et mourir dans les
sentiments de la plus tendre amitié pour vous et votre
chère femme et famille qui est le reste de mon sang.

P.-S. Faites-moi savoir par le retour de ce Monsieur
si vous avez adressé à son Excellence De Blonay à
Evian le vin que j'ai pris la liberté de vous demander (1).

LXXIX. *Mme de Warens à M. Hugonin.*

Evian, 27 novembre 1754.

M^r et tres cher neveu. — Si j'ai lu avec une extrême
satisfaction les flatteuses expressions de votre lettre et
les marques d'amitié dont vous m'y honorez par la part
que vous prenez à ce qui me regarde, j'ai été outrée
d'apprendre que Mr Daviet avait eu si peu d'égard pour
moi et avait si fort négligé mes intérêts qu'il vous avait
fait tenir ma lettre par une main étrangère, ingrat et
oubliant sans doute les services dont il m'est encore re-
devable, il m'a refusé la satisfaction d'aller vous assurer
de vive voix de la sincérité de mes vœux pour tout ce

(1) Cette lettre a été publiée en partie par M. de Montet.
dans *Documents inédits,* p. 145.

qui vous regarde, chargé de ma part de vous faire la narration de ma situation présente et un abrégé des traverses dont ma trop grande bonté m'a rendue la victime, gagné sans doute par mes ennemis ou cherchant d'en grossir le nombre, il a méprisé les promesses qu'il m'avait faites avant son départ. Je sens mon cher neveu combien l'embarras des mines cadre peu à une personne qui était née pour le repos et la tranquillité. L'expérience m'a appris qu'il est nécessaire que j'y renonce pour ma santé. Le parti en est pris et je cherche en me débarrassant à m'assurer un morceau de pain à l'abri de tout événement. Réduite à moi-même je verrai couler avec douceur le reste de mes jours et substituer les roses aux épines, dont ma carrière a été remplie jusqu'à présent. Le peu que je viens vous dire, mon cher neveu, vous apprend que j'ai eu beaucoup de chagrins, mais vous laisse ignorer que pour le présent je manque du plus nécessaire. Vous n'en serez plus surpris quand j'aurai l'honneur de vous dire que comptant sur un traité de pension de 3 louis par mois qui m'avait été fait par ma compagnie, j'ai substitué pendant 18 mois à des créanciers pour mes travaux, ma pension de la Cour, que mes indignes associés en ayant eu avis, ont pris la résolution en me cherchant mille chicanes, pour se dispenser pour un temps de me payer mes 3 louis par mois, comptant par là qu'ils pouraient, me laissant sans argent, ou m'obligeant de renoncer à la partie qui les regarde comme mes associés, ou à capituler à leur fantaisie. Je me vois obligée d'avoir recours à l'autorité souveraine pour y mettre ordre. D'un autre côté, la seule somme que j'avais destinée pour ce sujet venant à me manquer par le dérangement d'un créancier qui devant me rembourser 450 livres qu'il me doit d'argent prêté

me remet à une année de terme. Je vous aurais la
dernière des obligations si pour me faciliter de faire mes
affaires vous vouliez bien m'avancer 10 louis neufs que
je serai exacte à vous rendre à la rentrée de mes fonds
de la trésorerie et si au cas où vous n'étiez pas en argent
comptant vous me feriez le plaisir de m'envoyer un
billet de caution pour la dite somme à recevoir sur
messieurs Pierre Bérard et fils ou Mr François de la
Corbière à Genève ou quelque autre marchand qu'il
vous plaira m'indiquer, me trouvant dans le cas de ne
pouvoir me passer de cette somme, tant pour vivre que
pour envoyer à Chambéry et à Turin, afin de prévenir
la mauvaise volonté de ceux qui ne m'ont déjà que trop
fait de mal, et par malheur je n'ai pas de temps à perdre.
Je vous prie, mon cher neveu, de vouloir m'aider dans
cette occasion par le secours que j'ai l'honneur de vous
demander. Je n'ai pas été ingrate, et ma meilleure qualité
est celle de n'oublier jamais un service rendu. Je suis
charmée que mes chers petits neveux soient heureusement relevés de la petite vérole et je souhaite de tout
mon cœur que ma très-chère nièce votre noble épouse,
ne se ressente point des soins que sa tendresse a eus
pour eux. J'envoie mon secrétaire pour embarquer les
2 *tonettes* de vin que vous avez eu la bonté de me des-
tiner et un Monsieur qu'un de mes amis m'a procuré
pour l'arrangement des mes affaires, et ayant eu déjà
des affaires des mines à défendre. Par la lecture de mes
titres et papiers, il s'est mis au fait d'un détail dont je
l'ai prié de vous faire part. Je finis en vous souhaitant...

LXXX. *Mme de Warens à M. Hugonin.*

Evian, 25 janvier 1755.

Monsieur mon cher neveu,

Je ne saurais vous *(me)* refuser le plaisir d'apprendre de vos chères nouvelles et de celles de ma chère nièce votre épouse et toute votre aimable famille et de vous dire par cette occasion ce qui se passe au sujet de mes affaires. J'ai envoyé un exprès à Lyon pour voir s'il y avait moyen de faire un accommodement à l'amiable avec Mr Perrichon, ou du moins faire valider le billet que j'ai du dit Monsr Perrichon, attendu que s'il venait à mourir (1) avant cette précaution cela me porterait un grand préjudice pour en être payée et comme ma santé est fort dérangée et que la vieillesse avance à grand pas il faut tâcher de retirer au plus tôt quelque chose du fruit de mes peines. Quand j'aurai fait toutes les diligences nécessaires à ce sujet, je n'aurai rien à me reprocher, laissant la réussite des événements à la divine Providence qui nous accorde les biens et les maux de cette vie comme elle le juge le plus à propos, sans que nous faibles mortels puissions pénétrer la sagesse de ses desseins sur nous. Je vous embrasse tous les deux et vos chers enfants du meilleur de mon cœur et vous prie

(1) Voir *Madame de Warens et J.-J. Rousseau*, p. 282-285, 320-327. — Camille Périchon, ancien prévôt des marchands de Lyon, conseiller d'Etat, chevalier de l'ordre du Roy, était né à Lyon le 8 février 1679. — Il existe un joli portrait de lui peint par C. Grandon et gravé par G.-F. Schmidt : belle figure sous la vaste perruque Louis XIV ; costume de la charge, robe de soie, ceinture, rabat et croix de chevalier. En 1754, M. Périchon était âgé de 75 ans.

de me conserver l'un et l'autre votre cher souvenir. Ménagez bien tous les deux votre chère santé et me croyez, etc.

P.-S. Comme je suis sans argent cette année par les raisons que ce barbouillon de François (1) était chargé de vous expliquer et dont je crois qu'il n'a pas dit le mot ou qu'il aura dit tout de travers, je vous prie de ne pas trouver mauvais si je prends la liberté de vous demander amicalement de m'envoyer quelques petites provisions de bouche pour m'aider à établir mon petit ménage. Tout fait plaisir lorsqu'il vient d'un bon parent qui sait se montrer bon ami dans une occasion d'une grande conséquence pour moi, je vous prie de permettre que mon secrétaire prenne la liberté d'aller chez vous un soir, afin de ne pas faire de la dépense dans une auberge, ne lui ayant donné que très-peu de chose pour son voyage, ne pouvant faire mieux pour le présent. Dès que j'aurai reçu quelque bonne nouvelle de mes affaires, j'aurai l'honneur de vous en faire part. Comme je n'ai pas ici une seule personne sur laquelle je puisse compter dans une occasion si vous pouviez me trouver une bonne lettre de recommandation pour Mr de Loëx d'Aigle, qui demeure à Thonon (2) chez le marquis des Marches, vous me feriez grand plaisir. Mais il faudrait m'envoyer la lettre à cachet volant et je la lui remettrais moi-même en lui écrivant un mot pour le faire venir jusqu'ici. Je pourrais lui parler et lui dire entre quatre yeux ce que je ne puis écrire. Pardon

(1) Peut-être François Fabre, maître fondeur.
(2) Il y a une lettre de lui dans *M* *de Warens et J.-J. Rousseau*, p. 335.

cher neveu de tant de peines. Comme je travaille à tirer
quelque parti de mes affaires et me débarrasser de toutes
sortes d'affaires afin de mourir tranquille si Dieu le
veut, vous voyez par là qu'il me convient d'avoir quelqu'un en ce pays sur qui je puisse compter dans une
occasion à pouvoir se présenter pour moi et finir une
affaire.

LXXXI. *M*^{me} *de Warens à M. Hugonin* (1).

Evian, ce 24 février 1755.

J'ai l'honneur de vous donner avis que je m'accom-
mode avec M. Perrichon, mon associé de Lyon. Il
m'offre un capital de dix milles livres de Savoie, et un
quart pendant ma vie des profits qu'il retirera de ma
portion et toutes les dettes que je puis avoir faites
payées. Vous sentez bien qu'il faut semer le blé avant
de le recueillir. De même s'en prend-on dans les mines.
Je n'aurais jamais été en état de former une Compagnie
pour m'aider aux grandes dépenses indispensables qu'il
m'a fallu faire pour bien établir mon entreprise qui est
certainement aujourd'hui une des plus belles de l'Europe, si je n'avais pas agi comme je l'ai fait. Il est
certain qu'il est bien fâcheux pour moi de quitter cette
entreprise, après avoir tant pris de peine et travaillé
pendant vingt-cinq années, c'est-à-dire depuis 1730, à
former un si bel établissement, et d'abandonner pour
si peu de chose un effet si précieux, faute d'avoir pu
mettre dix mille livres pour ma part en dépôt au Sénat,
afin d'obtenir le temps suffisant de défendre mes droits.
Et par ce défaut de dix mille livres je perds la plus belle

(1) Publiée en grande partie par M. de Montet, *Documents inédits*, p. 147.

et plus riche fortune qu'un particulier puisse souhaiter, car bien des Princes s'en seraient contentés (!). Enfin, mon cher neveu, j'en ai fait le sacrifice à Dieu et je vais finir mes jours ici avec ce peu, ne désirant plus rien que de vivre et de mourir tranquille en la crainte du Seigneur. Le voyage que j'ai fait faire à Lyon, pour parler d'accommodement, me coûte douze louis neufs et quatre sequins. Voilà où j'ai employé les dix louis que vous avez eu la bonté de me confier et que je vous rendrai, Dieu aidant, avec honneur. J'attends la St-Jean avec bien de l'impatience, puisque c'est dans ce temps-là qu'on doit me compter de l'argent. Mais pour me soutenir journellement jusqu'à ce temps-là je n'ai pas le sol. Ainsi je vous supplie de me faire encore la faveur de m'envoyer un petit secours de ce qu'il vous plaira m'accorder. Ce que vous me ferez la grâce de me prêter je vous le rendrai fidèlement, et ce que j'aurai à mon tour sera aussi bien à votre service, comme de juste récompense aux bontés que vous avez pour moi. Vous me procurerez par là le moyen de me soutenir sans faire des demandes à personne. Car je vous proteste que je suis ici dans un pays où l'on vit d'une manière pire que chez les Tartares. Aussi je ne m'aviserai pas de m'adresser à personne d'ici pour demander seulement un écu à emprunter.

Il suffit que mes revenus soient sur les finances pour que je n'y trouve pas un écu à emprunter, et pour ce qui regarde mes autres prétentions, je ne leur en explique pas les conséquences ni l'importance, pour ne pas exciter leur jalousie. Heureusement pour moi, qui regarde *(qui ne regarde pas)* les travaux des mines comme des chimères, je les laisse à leurs idées. Cependant M. Perrichon, qui est un très fin renard, n'a pu s'empêcher d'avouer à ces Messieurs que mon entreprise commençait à être lucrative, qu'il avait retiré pour sa part de cette année pour dix-huit mille livres de gâteau d'argent. Et moi je puis vous assurer que l'on peut en tirer pour cent mille écus par année, si l'on travaillait comme il conviendrait de le faire. Mais tout cela n'est plus rien pour moi puisque j'abandonne le tout pour un morceau de pain... » (1).

LXXXII.   Le 19 juillet 1757, M. le châtelain de Quartéry écrit à M. Hugonin d'avoir l'obligeance de lui envoyer 200 livres qu'il a prêtées à Madame de Warens et qu'elle l'a assuré devoir être remboursées par ce dernier.

LXXXIII.   *Mme de Warens à... ?*

[Chambéry] ce 10ᵉ mars 1760 (2).

Monsieur

Suivant la commition que vous m'aver lessé pour faire la Recherche du titres qui vous manque pour terminer en faveur de votre compagnies le prossé du S. Lalement, jay trouvé par le secour de mes protecteur une route assurée pour obtenir la piece en question en orriginal, cy elle reiste encore dans les bureaux despagne et cy elle ne ce peu trouver, lon obtiendra de linfand don Phillipe un ordre pour que le marquy de

(1) Il serait difficile de pousser plus loin l'art de jeter de la poudre aux yeux et la volonté de duper les gens.

(2) Nous conservons encore ici l'orthographe de Mme de Warens. L'original de la lettre appartient à M. le sénateur André Folliet. — Voir *Mme de Warens et J.-J. Rousseau*, p. 371.

Lancenade ou lintandant Duvilles donnent une decla-
rations en forme et autantiques quy sertifies latelle piece
veritables et avoir reellement existe sous la datte du
memoire instructifs que vous mavez lesse ; voila M^r ce
que je puis faire reussir, aux moiens que vous me pro-
curie par votre compagnies de Lyon 20 ou 25 louys
pour doner le véiculle necessaire a la Reussite, je
rendray comte de lemploi que jen auray fait ; vous saver
que vous pouver Repondre de moy, ma conduitte et ma
probite vous est connues de meme que mon zelle a vous
servir. il faut vous hater tout de suitte cy vous voules
que je Reussisse parce que la persone qui feras la
commition part au premier jour pour aller aux pies de
linfand et soliciteras de vive voix. cy lon menque cette
aucasion lon nen retrouveras pas une semblable de
longtent. faitte y bien ateution et doner moy une pronte
Reponce.

Il est surprenant que vous nayer point recrit a Madame
comme vous luy avier promis du moins pour la remercier de ses honetetes. je ne say que pencer de votre
silences : vous négligé trop vos vray amy. pardon cy je
vous dit tout ce que je pences ; jay lhoneur detre etc.

[P.-S.] quand a la Recompence que vous m'aver promis
pour la Reussite, jespaire que vous me tiendres parolles.
je ferais tout au monde pour conduire cette affaire a une
heureuse fin ; mes cy vous ne madresse pas au plutot le
petit secour que je vous demande, il ni auras rien affaires ; avec rien lon ne fait rien.

LXXXIV. *M. d'Angeville à M. Ducrest, avocat au Sénat, à Saint-Jullien* (1).

Allonzier ce 12ᵉ may 1760.

Monsieur. Je vous donne avis pour la troisième fois que je suis à la veille de finir ma pache *(marché)* de tous mes fiefs et rentes de la val des Clefs et mandement de Thône. Ainsy Monsieur songez a scavoir du commissaire Curton sans luy dire que je vous ay addressé a luy pour avoir la notte des pieces que vous pourriés avoir des dits fiefs afin de vous les affranchir.

Monsieur le curé des Villards m'écrivit il y a deux ou trois mois qu'il y avoit un nommé Mermilliod qui avoit demeuré 34 ans à Paris ou il avoit fait fortune et que voulant se repatrier il avoit appris qu'il étoit taillable et vouloit s'en retourner a Paris, mais que si je voulois l'affranchir de meme que son frere qui est pauvre, sur le pied que j'en avois affranchi d'autres qu'il passeroit expedient. je lui repondis qu'à la verité j'en avois bien affranchi quatre ou cinq pour l. 20 : 0. 0, mais que c'était seulement pour l'affranchissement des deux quarts d'orge qu'il doivent annuellement tant seulement et non de la taillabilité personnelle, que par ainsy il fisse sa reflexion de cette difference ; qué si cependant il me faisoit un offre raisonnable je passerois expedient et je ferois bien encore quelque chose a sa consideration, mais que si l'on ne me faisoit pas une proposition rai-

(1) Voir dans *Madame de Warens et Jean-Jacques Rousseau*, p. 340-370, la correspondance, de janvier 1756 à janvier 1759, de la baronne avec M. d'Angeville.

sonnable je priois le Seigneur de l'accompagner à la bonne ville de Paris ou il disoit qu'il vouloit retourner.

A son retour de Geneve le dit curé passa icy avec Monsieur le curé de Cruselle et le compere Mermilliod, et ledit Curé voulut me reparler de cette affaire dans le meme gout qu'il m'avait écrit mais comme il étoit si plein *(sic)* qu'il ne scavoit ce qu'il disoit je le priay de finir cette conversation qui m'ennuioit beaucoup, alors le compere Mermilliod prit la parole me disant qu'il seroit bien aise que le dit Mermilliod le parisien fisse venir tout son argent dans le pays et qu'il viendrois un jour icy avec quelque argent, a quoy je repondis que je serois toujours bien aise de le voir mais que s'il venoit expres pour cela avant que d'être d'accord avec moy son voyage seroit inutile.

Il est bon de vous dire Monsieur qu'il seroit tres à propos que ce Mermilliod parisien fisse venir tout son argent de Paris, mais comme les Robbes noires *(les curés)* sont la plus part ordinairement contre les seigneurs moyennant qu'ils puissent arracher quelques choses des taillables et qu'ils les portent souvent à faire des friponneries aux seigneurs, s'ils s'en mêlent il n'y aura rien a faire, d'ailleurs les taillables sont sujets à consulter des commissaires qui souvent leur donnent de mauvais conseil quand ils ne sentent pas d'avoir bonne part dans ce que les taillables donnent pour s'affranchir, ainsi le seul moyen de finir cela est que vous mandiés au compère Mermilliod de vous venir parler sans dire pourquoy et vous verrés qu'en ce cas entre vous et moy nous pourrons conclure cette affaire et meme faire pache avec le compere Mermilliod de toute ma rente et fief ainsy que l'édit le permet, quand elle ne porte pas juris- diction. Si vous voules écrire, Monsieur Paris, notaire

d'icy, porteur de la presente qui vous la lira, ecrira ce
que vous souhaiterés et je feray tenir la lettre au dit
compere. J'attends avec impatience la guerison d'un
troisième heresipelle a mon pied pour me rendre à St-
Jullien et vous asseûrer le verre en main que je suis
tres parfaitement — Monsieur — vôtre tres humble et
obeissant serviteur. — DE LAMBERT D'ANGEVILLE.

L'HABITATION DE Mme DE WARENS A ANNECY.

Dans un article publié au dernier fascicule de
la *Revue savoisienne* de 1899, M. J. Serand,
archiviste-adjoint de la Haute-Savoie, a établi que
Madame de Warens, durant le séjour qu'elle fit à
Annecy, de septembre 1726 à 1730-31, avait habité,
auprès du couvent et de l'église des Cordeliers
(cathédrale actuelle), l'immeuble de M. de Boëge
appelé la *Petite Maison*, contigu au four des Cordeliers, et non la grande maison, ou *Maison de
la Monnaie*, portant à présent le numéro 12 de la
rue de l'Evêché.

Sa démonstration, appuyée sur les récits de
Rousseau et sur l'étude du cadastre de 1730, est
très claire et semble péremptoire.

TABLE DES MATIÈRES

Pages

Nouvelles lettres de Mme de Warens et de ses amis 1

I. Notice 3

II. Lettres de Suisse ; la famille de Mme de Warens ; ses différends avec ses parents ; son style 5

III. Le nouveau dossier de Savoie 11

IV. Notes sur la vie et les entreprises industrielles de Mme de Warens 13

V. Achat des hauts-fourneaux du marquis Graneri 21

Inventaire du mobilier industriel ; ratification de la vente 24

VI. Lettres de Suisse et de Savoie :

1. 1722, 24, lettre de Mme de Warens à M. Magny 26
2. 1726, 16 juillet, Mme de Warens au même ... 30
3. — 18 août, La même au même 31
4. 1727, 23 juillet, La même au même 32
5. — 25 août, La même au même 33
6. 1737, 1er janvier, La même à M. Hugonin ... 34
7. — 15 novembre, La même au même 35
8. 1738, 15 mars, La même à Mme Hugonin 36
9. — avril ? La même à M. Hugonin 38

10. 8 mai, Mme de la Tour à M. Hugonin..... 39
11. 1744, 9 décembre. La même au même..... 40
12. 1745, 21 mai, Mme Hugonin à son mari... 42
13. — 26 mai, Mlle Payoud à M. Hugonin... 44
14. — 30 mai, Le capitaine de Pollier au
même 45
15. — 5 juin, Lettre de Genève au même... 46
16. — juin, Mme de Warens au même...... 46
17. — fin mai? La même au même....... 48
18. — 8 novembre, La même à M. de Montet. 50
19. — La même à M. Porta............ 52
20. — 19 novembre, M. Porta à Mlle Payoud. 53
21. — 21 nov., Mlle Payoud à M. Hugonin.. 53
22. — 9 décembre, Mme de Warens au même. 54
23. — 23 décembre, M. d'Erlach? à Mme de
Warens...................... 56
24. — 24 décembre, Le capitaine Hugonin à
la même...................... 58
25. 1746, 6 janvier, Mme de Warens à M. Hugonin 60
26. — 31 janvier, La même au même...... 62
27. — 16 février, La même au même....... 63
28. — 6 mars, La même au même........ 63
29. — 17 mars, M. de Tavel au même..... 64
30. 1746, 1er mai, Mme de Warens à M. Hugonin 65
31. 1747, 5 janvier, La même au même....... 66
32. — 8 février, La même au même....... 67
33. — 12 mars, La même au même....... 68
34. — 20 juillet, La même au même....... 69
34 bis — 14 — M. de Rovéréa à Mme de
Warens 74
35. — sept., Mme de Warens à M. Hugonin.. 76

36.	1747, 23 septembre, La même au même....	78
37.	— 28 déc., M. Dupasquier à M. Milleret.	79
38.	1748, 6 février, Mᵐᵉ de Warens au même...	80
39.	— 10 — La même au même........	86
40.	— 20 — La même au même........	88
41.	— 28 — La même au même.......	88
42.	— 18 mars, La même au même.......	90
43.	— 21 — La même au même........	91
44.	— 22 — M. Milleret à Mᵐᵉ de Warens	91
45.	— 29 juillet, Mᵐᵉ de Warens à M. Milleret	92
46.	— 25 août, La même au même........	94
47.	— 6 septembre, La même au même.....	94
48.	— 20 — La même au même......	96
49.	— fin septembre, La même au même....	97
50.	— 11 octobre, M. de la Balme au même..	98
51.	— 16 — M. Léonard au même.....	99
52.	— fin mars, M. Hugonin à Mᵐᵉ de Warens	100
53.	— 15 juill., Mᵐᵉ de Warens à M. Hugonin	101
54.	— 9 août, M. de Rovéréa au même.....	102
55.	— 8 octobre, Mᵐᵉ de Warens au même..	104
56.	— 5 nov., M. de Rovéréa à M. Hugonin.	105
57.	— 25 décembre, Mᵐᵉ de Warens au même	106
58.	1749, 7 février, M. Mansord à M. Milleret..	107
59.	— 9 février, Mᵐᵉ de Warens à M. Milleret.	108
60.	— 16 — La même au même........	109
61.	— 23 — M. Mansord au même......	111
62.	— 27 — Mᵐᵉ de Warens au même...	112
63.	— 29 — M. Mansord au même......	113
64.	— 6 avril, Mᵐᵉ de Warens à M. Hugonin.	114
65.	— 10 — Traité entre Mᵐᵉ de Warens, Mansord et Mathieu Cash........	116
66.	— 18 mai, Mᵐᵉ de Warens à M. Milleret.	116

67. 1749, 26 mai, Mme de Warens à M. Milleret. 118
68.   — 28 juin, M. Mansord à M. Milleret.... 119
69. 1751, 4 juill., Mme Hugonin à Mme de Warens 120
70.   — sept^bre., Mme de Warens à M. Hugonin. 120
71.   — 30 septembre, La même au même..... 121
72.   — 1er décembre, La même au même..... 122
73. 1752, 20 mars, La même au même........ 124
74. 1754, 5 janvier, Mme de Warens à...?...... 125
75.   — 20 mars, La même à Madame...?..... 125
76.   — 31 août, La même à M. Hugonin..... 126
77.   — 27 septembre, La même au même..... 127
78.   — 17 octobre, La même au même....... 128
79.   — 27 novembre, La même au même..... 129
80. 1755, 25 janvier, La même au même....... 132
81.   — 24 février, La même au même....... 134
82. 1757, 19 juillet, M. de Quartéry au même.. 136
83. 1760, 10 mars, Mme de Warens à...?...... 136
84.   — 12 mai, M. d'Angeville à M. Ducrest.. 138

L'HABITATION DE Mme DE WARENS A ANNECY..... 140